Lilian Noetzel

Belishs Garten

Roman

Piper
München Zürich

ISBN 3-492-04578-2

Gesetzt aus der Perpetua
Satz: KCS GmbH, Buchholz/Hamburg
Druck und Bindung: Clausen & Bosse, Leck
Printed in Germany

www.piper.de

Ein ummauerter Garten ist eine Oase inmitten eines verschlungenen Gewirrs von Gassen. Ein Ort der Ruhe in einer Stadt, die ihre Geschichte und ihren Wohlstand der Ankunft und der Abreise durchziehender Händler verdankt, einer Stadt, in der jeder Hof zum Markt wird und jeder Markt mehr feilbietet als Waren. Wo Bettelkinder voll von Hoffnung sind und Dinge nur verkauft werden, wenn sie träumen machen. Und Träume werden teuer bezahlt. Um jeden Preis wird gefeilscht, Schmeicheleien werden in klingende Münze umgesetzt, Spott auf Unschuldige gemünzt, alte Geschichten heimgezahlt und Gebrechen mit Kleingeld abgespeist.

Nur Blicke gibt es umsonst, rasche Blicke und träge, sichere, feindliche, neugierige, verliebte, suchende, willige, kluge und freche Blicke, Blicke, denen nichts entgehen kann.

Brote werden feilgeboten und Lieder, und jede Nachricht verbreitet sich in den Gassen schneller, als der Wind einen Weg über die Dächer findet.

Gerüche und Gerüchte werden feilgeboten, Hochzeiten geplant, Märchen und Lügen erzählt, und Lächeln wächst im Staub der Stadt eher als in einem Garten, in dem die Wege gerade gezogen sind und klares Wasser Ehrfurcht verlangt und erhält. Karawanen bringen Stoffe, die zart sind wie Schmetterlingsflügel und sich anschmiegen wie lustvolle Träume, Blüten werden gebracht, Öle destilliert und Düfte beschworen, die Sehnsüchte zu wecken verstehen.

Während in einem Garten Rosen wachsen und erschreckend zärtlich geträumt wird, was verboten ist. Weil alles beschlossen ist und festgelegt, der Fall der Ebenholzstäbchen befragt und der Flug der Vögel am Himmel, und alle Zeichen günstig waren.

1

Ein Punkt ist ein kleines Zeichen, kleiner, als Schicksale sonst Zeichen hinterlassen. Er nimmt fast keinen Platz ein.

Ich habe das auf ein Stück Papier geschrieben, ohne darüber nachzudenken. Mehr noch: bis zu dem Augenblick, an dem ich mit einem Brief meines Onkels im Restaurant »Belishs Garten« in der Rue Stanislas war, hatte ich keine Ahnung, daß ich den Zettel aufgehoben hatte.

In dem Brief meines Onkels stand, daß ich Kalligraph sei, daß mein Vater aus Tabriz stammte wie Belish selbst und meine Mutter vom Kaspischen Meer. Mein Onkel hatte geschrieben, ich sei, Allah sei's geklagt, stumm, und er erinnerte Belish an ein lange zurückliegendes Ereignis, weshalb dieser meinem Onkel zu einem Gefallen verpflichtet sei. Und daß ich, mein Onkel glaubte an Omen, am vierten Tag von Belishs Hochzeit geboren worden sei.

Die Ausführlichkeit der Formulierungen meines Onkels brachte mir ein Glas Tee ein, die Ruhe von Belishs Überlegung das zweite, und während des dritten Glases fragte Belish mich, wo er mich erreichen könne, falls er einen Auftrag für mich habe.

Ich suchte in meiner Tasche nach einem Stück Papier und schrieb: *Manour Chayed, 72 Rue de la Goutte d'Or.* Kurze Nachrichten schreibe ich immer in kursiver Naskhischrift, deren Buchstaben aussehen wie fliegende Vögel.

Belish nahm den Zettel und sah die Schrift genau an, prüfte die Proportionen der Buchstaben, die ich flüchtig geschrieben hatte. Er kontrollierte ihre Neigung, indem er den linken Zeigefinger anlegte, ganz so, als hätte ich etwas anderes als eine bloße Adresse notiert. Dann drehte er das Papier um, und auf der Rückseite stand das mit dem Punkt. Ich habe Punkte immer gemocht, sie sind das Augenzwinkern eines Schriftzuges.

Der Satz mit dem Punkt war die erste Idee, die ich hatte, als ich die Schrift für eine Ausstellung in der Galerie von Monsieur Han entwarf.

Auf meinem Bild waren die Punkte rund statt rautenförmig und rot von der schwarzen Schrift abgehoben.

Ich hatte Namen und Adresse von Monsieur Han dahinter notiert und dabei gedacht, wie seltsam es ist, daß die lateinische Schrift gewöhnlich nach einem Satz einen Punkt setzt. Ein Zeichen dafür, daß alles gesagt ist, das Symbol für ein Ende.

Bei unserer Schrift ist der Punkt der Anfang. Ich drücke zuerst die Feder fest auf das Papier, bis ein Tintenpunkt entsteht. Dann mache ich die erste Linie, indem ich lauter Punkte hintereinandersetze, sie streckt sich in die Höhe, dann setze ich Punkte rechts und links von ihr, sie breitet die Arme aus und beginnt zu tanzen. Sie neigt sich von rechts nach links, rollt sich ein, hält inne und summt zu der Musik. Sie fällt vom dicken in den dünnen Strich, wird zum Buchstaben. Umarmt einen zweiten Buchstaben, schmiegt sich in der Bewegung an ihn, erst leicht, dann voller Leidenschaft. Andere Buchstaben tanzen um das Paar, fallen ein in dieselbe Choreographie. Manche Buchstaben spielen mit Punkten, werfen sie in die Luft. Punkte ersetzen die Vokale. Sie tanzen, bis ein Wort entsteht. Ein Punkt ist eine Möglichkeit, eine Hoffnung. Bei dem Bild für die Galerie von Monsieur Han habe ich die Punkte wie rote Gummibälle über das Blatt hüpfen lassen, sie sind ebenso Zeichen meiner Stummheit wie meiner Schrift. Belish lächelte über meinen Satz und hielt ihn näher ans Fenster. »Wie schön die Enden der Buchstaben miteinander verbunden sind«, sagte er. »Was schreibst du außer Naskhi?« Ich wollte ihm einen Satz in einer anderen Schrift vorzeigen, aber mir fiel nichts ein. Ich warf einen Blick aus dem Fenster und dachte: Es ist hell draußen. Der Tag liegt dem Licht zu Füßen.

Weil Belish den Zettel in der Hand hielt und ich keinen anderen hatte, schrieb ich den Satz in Nasta'liq auf die Innenseite meiner Hand und streckte sie Belish entgegen. Er ließ sich keine Verwirrung anmerken und nahm meine Hand, als wollte er sie schütteln, las den Satz und lachte.

»Nuriye!« rief Belish und erklärte: »Meine Tochter.« Wie eigenartig, dachte ich, »Nur« bedeutet Licht. Ich habe ihr den Tag zu Füßen gelegt. Belish rief noch einmal, und als sie hereinkam, legte ich in Gedanken noch eine Reihe von Tagen dazu.

»Schau«, hielt Belish ihr meine Hand hin, als wäre sie ein Ding. Sie streckte ihren Handteller unter meinen Handrücken und schien ihn zu halten, ohne ihn zu berühren.

Beim Lachen bog sie den Kopf zurück, bis ich unter dem Tuch den Ansatz ihres Halses sehen konnte. Ihr Übermut war groß und ansteckend. Ich hätte nicht gezögert, ihr auch noch den Rest meines Lebens zu Füßen zu legen.

Nachdem Nuriye gegangen war, wirkte das Zimmer leer. Belish schien nun sehr müde. Deshalb stand ich auf und verabschiedete mich. Den Brief meines Onkels und jenen Zettel ließ ich auf Belishs Tisch liegen.

Den Satz auf meiner Hand nahm ich mit.

Doch ich hätte gerne meine Haut abgestreift und sie glattgestrichen wie sehr dünnes Papier, um sie dazuzulegen.

Als ich das nächste Mal in die Rue Stanislas ging, war Belish nicht im Restaurant. Ich sah mich um, bis einer der Männer, die mit uns bei meinem ersten Besuch Tee getrunken hatten, mich fragte, wen ich suche. Ich tastete etwas zu lange in meiner Tasche nach Papier, da breitete sich Schweigen an den

Tischen um uns herum aus, und die Gäste sahen uns an. Er schien sich plötzlich an mich zu erinnern und wies mit der Hand nach oben. Ich lächelte. Ich bin daran gewöhnt, daß meine Stummheit schweigende Gesten provoziert.

Gleich darauf fand der Mann seine Stimme wieder und beugte sich über einen Tisch: »Mouton, oui? Quoi, moutarde?« Ich hörte im Weggehen noch die Fassungslosigkeit in seiner Stimme, Lamm, ja? Wie bitte, Senf?

Während ich zu der hinteren Tür ging, begannen auch an den anderen Tischen die Gespräche wieder. Der Gang roch nach geschmortem Safranhuhn. Einige Türen standen offen, und in zwei Radios lief unterschiedliche Musik. Männerstimmen riefen durcheinander, jemand schmatzte, dann lachte einer.

Keiner sah mich die Treppe hinaufgehen, und auf dem oberen Gang war auch niemand. Ich wußte nicht, wohin ich mich wenden sollte, bis ich sah, daß die erste Tür nur angelehnt war. Ohne zu zweifeln, daß Belish dort sei, zog ich die Schuhe aus, klopfte kurz an und schob die Tür auf. Der Raum war halb europäisch eingerichtet. Ein Sessel stand am Fenster, der Tisch in der Mitte war niedrig, und wer auf den Kissen um ihn herum Platz nahm, war an untergeschlagene Beine gewöhnt.

Belish konnte ich nicht entdecken. Aber er mußte jeden Augenblick kommen, schließlich war die Tür angelehnt gewesen. Deshalb ging ich ans Fenster und sah hinaus. Es war noch immer heiß, aber die Luft war nicht mehr so staubig. Die Helligkeit vibrierte über den Häusern, und ich sagte mir, daß es Tage waren, die für das Schreiben gemacht schienen. Für die kleine Ghubarschrift, die die Augen sonst anstrengt.

»Es ist immer noch hell draußen.« Nuriyes Stimme klang spöttisch hinter mir, aber ich war geblendet vom Hinausschauen und sah im Dämmerlicht des Zimmers nicht, woher ihre Stimme kam. »Die Tage liegen nicht dem Licht zu Füßen, wissen Sie das nicht? Sie fliegen. Sie haben einen großen Flügel auf der rechten Seite und viele kleine auf der linken. Deshalb haben sie Schlagseite und liegen schief in der Luft. Die besseren Tage fliegen mit dem großen Flügel. Die kleineren flattern unruhig.« Sie lachte.

Sie verbarg sich wohl hinter dem Wandschirm, der den hinteren Teil des Raumes abtrennte. »Belish ist beschäftigt, ich darf Sie nicht empfangen.«

Der Wandschirm war aus Holz geschnitzt und

erinnerte mich an die Gitter, die bei uns vor den Fenstern angebracht waren, um die Frauen vor fremden Blicken zu schützen.

Diesmal fand ich das Papier gleich und schrieb:

Meine Tage liegen dem Licht zu Füßen. Es ist jetzt die richtige Jahreszeit für die kleine Schrift. In der Dämmerung und im Winter schreibe ich große Buchstaben, die über das Bild gehen wie alte Männer auf der Straße, sie gehen langsam. Sie stehen morgens früh auf, wie sie es ihr ganzes Leben lang getan haben. Ihre Zeit ist zu groß und sitzt schlecht, wie ihre Anzüge, die jetzt an den Schultern verrutschen. Sie gehen von der Métro Simon Bolivar in die Buttes-Chaumont zu den Bänken. Auf der einen Seite sitzen alte Frauen mit verschränkten Armen, die kaum aufsehen, wenn die Männer Platz nehmen. Nur ab und zu wendet einer der Männer den Kopf. Solche Buchstaben sind das, ohne Licht.

Und dann war mein Zettel voll, und ich faltete ihn zusammen und steckte ihn durch eine der sternförmigen Öffnungen in der Schnitzerei des Wandschirmes, ehe ich ging.

2

Eine Woche lang war ich unzufrieden mit mir.

Ich sah meine Bilder an, die gemalten Buchstaben, und ich sah sie nicht so, wie man Schrift auf Papier ansieht. Ich las sie nicht mehr, ich sah sie an, wie man eine Landschaft betrachtet. Ich sah ein Kamel, das in den Vorderbeinen einknickt, um sich hinzulegen. Ein sich umarmendes Paar. Einen Vogel, der die Flügel ausbreitet und sich streckt im ersten Flügelschlag. Und einen anderen Vogel, der am Himmel flog, ohne mit den Flügeln zu schlagen, und dabei an Höhe verlor.

Und ich sah immer wieder Gitter. Die Linien der Buchstaben wanden sich, wurden zu Knoten, zu einem Netz, in dem jemand gefangen war. Die Buchstaben waren ein Gitter, und es waren Gesichter dahinter, deren Augen ich sehen konnte. Die großen rhombischen und runden Punkte sahen für mich aus wie Augen, die mich durch meine verschlungenen Buchstaben hindurch ansahen. Dann glitten die Gesichter hinter dem Gitter ineinander und wurden zu einem Gesicht.

Schließlich stand ich auf und ging hinaus.

Die Straße überfiel mich mit Worten. Am Straßenrand hatten zwei Lieferwagen geparkt, auf einem stand in Großbuchstaben BAKHALA, und auf dem anderen Reshtajesh Saman, Fruit, Pain, Force de vie.

Ich ging und las auf den Ladenschildern AV RIE LIBRE S VICE, Bakar Gebäudereinigung, Reisebüro, Taxiphone Telebutik Mobile. Lasry Textil, Sisouk, Kaftan collection, las, als ob die Straße aus Papier sei.

Die Auslage von Reine d'Or an der Ecke wechselte morgens, sie zeigte nachts Plastik und tags viel Gold. Gold macht still, wer vor den Ladenfenstern stehenbleibt, schweigt und wendet den Kopf so, daß er tief in den Laden sehen kann.

Nachts war die Straße belebt von Lichtern, dem Neonschriftzug der Société Générale und den beleuchteten Schaufenstern von Bakar. Und den Männern, die vor den Läden an den Pfosten lehnten und rauchten. Sie verkaufen Unsichtbares, Frauen in fremden Zimmern, Währungen oder einen Rausch. Ihre Zigarettenglut im Dunkel war die Leuchtreklame von Händlern ohne Laden.

Morgens waren wenig Männer unterwegs. Nur vor dem maghrebinischen Laden stapelte einer Couscoussäcke kreuzweise übereinander wie Säcke mit Blumenerde.

Frühmorgens gehört die Straße den Frauen. Vor der Auslage von Simar schoben ein paar ihre Kinderwagen langsamer und sahen ins Schaufenster. Die Frauen waren klein, schwarz gekleidet und trugen Kopftücher, die Wagen waren hochrädrig und bunt. Eine Frau zeigte hinüber zur Lingerie Claire, schob den Wagen auf die Straße und rief den anderen ein paar Worte zu, die ich nicht verstehen konnte. Es klang atemlos und dumpf durch das Tuch. Dann kam eine Frau ohne Kinderwagen. Sie war gekleidet wie die anderen, trug aber kein Kopftuch. Sie hatte die Haare mit Spangen zusammengesteckt und ganz oben einen künstlichen blonden Pferdeschwanz befestigt. Als die Frauen die Straße überquert hatten, löste sich ein Mann von der Hauswand und folgte der mit dem Pferdeschwanz.

Ich ging ohne Ziel.

Auf der Treppe zur Métro Marcadet-Poissonniers sah ich ein Wahlplakat für eine israelische Partei, auf dem das Gesicht des Mannes geschwärzt worden war. Das Plakat hing an den Ecken herunter. Es waren nur die Schultern zu sehen, ihre militärische Geradheit im dunkelblauen Anzug mit Krawatte ein Widerspruch zur Zerissenheit des Plakats.

Als ich das an den Ecken herabhängende Papier sah, spürte ich, daß der Anblick all der Frauen und Kinder die Straße lebendig gemacht hatte. Daß sie kein lebloses Papier mehr für mich war und ich jetzt gehen konnte, ohne mich den Worten ausgeliefert zu fühlen.

Kurz darauf sah ich einen Alten im Postkartenladen sitzen, die Arme verschränkt. Eine Hand sah aus, als ob sie eine Zigarre hielte. Das schien so sehr ihre Haltung geworden zu sein, daß sie sie auch ohne Zigarre einnahm.

Hinter dem Mann lagen Zigarrenschachteln im Regal.

Das Schaufenster war fast leer, so als ob man nicht hineinblicken sollte, sondern der Alte herausschauen konnte.

Wir sind erfinderisch, sagte ich mir, erfinderisch

im Beschränken des Lebens, der Alte sieht Tag für Tag durch dasselbe Schaufenster nach draußen, in den immer gleichen Ausschnitt der Welt, wie ein Dekolleté, in das er meint verbotene Blicke zu werfen. Darum sitzt er in seinem Laden und traut sich nicht hinaus.

Und ich dachte, ich sei erfinderisch im Beschränken des Lebens, um nicht verbotene Blicke durch Wandschirme zu werfen.

Tag für Tag ging ich immer dieselben Straßen entlang. Niemals jedoch ging ich in die Rue Stanislas, obwohl meine Gedanken immer wieder hineilten und ich zu gern gewußt hätte, warum mein Onkel mich gerade zu Belish geschickt hatte. Und warum seine Tochter so schön war.

Die Markise über Sayeds Alimentation, bei dem ich oft spätabends Brot holte, zielte tagsüber mit Schatten auf die Kisten, die vor dem Laden gestapelt waren, frische Auberginen und Tomaten, die nicht nach Sonne rochen.

Meine Unzufriedenheit bemerkte ich an den Tomaten – woher wollte ich wissen, wie sie riechen? Ich hatte sie nicht einzeln an die Nase gehoben, um mich nicht Sayeds Lachen auszusetzen, ich dachte mir nur, daß sie nicht riechen, wie sie sollten.

Ich kaufte immer abends ein, wenn der Laden leer war. Sayed packte mir dann die Einkäufe in die Zeitung vom Tag ein. Zu Hause strich ich sie glatt. Der Bürgermeister von Paris forderte auf, öffentliche Verkehrsmittel zu benutzen. Ein an der Gare du Nord gefundener Koffer war gesprengt, und um den Montmartre herum wieder Autos aufgebrochen worden.

Schreiben konnte ich in dieser ganzen Zeit nicht, trotz des Lichtes. Wegen des Lichtes.

3

Nach ein paar ziellosen Tagen ging ich zu Monsieur Han, um mein Bild hängen zu sehen.

Ich hatte die Galerie vor ein paar Monaten bei einer meiner ersten Wanderungen durch Paris entdeckt, sie war mir des Namens halber aufgefallen. Auch der Lehrer, der mir den Umgang mit Punkt und Feder beigebracht hatte, hatte den Namen Han getragen. Sie hatten weiter nichts gemein, aber Monsieur Han war bereit gewesen, eine Schrift von mir auszustellen, die mit den Punkten.

Die Galerie war leer, bis auf eine Frau.

In diesem Moment kippte jemand rote Farbe über der Stadt aus. Sie sickerte in die Straßen und zwischen die Häuser, stand in Pfützen auf dem Pflaster, lief in die Métroschächte, spritzte den Passanten auf die Kleider, setzte sich in den Poren fest und verteilte sich hinter den Lidern.

Die Frau stand vor meinem Bild.

Die kleine Mulde zwischen ihren Schultern, direkt unterhalb ihres Nackens, hatte ihr meine Phantasie schon vor einigen Tagen angedichtet.

Als ich mich neben sie stellte, drehte sie sich zum Fenster.

»Ihre Jîm sehen aus wie Enten«, sagte sie.

Die rote Farbe verblaßte und wurde violett und dann verwaschen blau. Sie stand auf einer Brücke oder am Ufer, um sie war das Blau eines Nachmittags im späten August, und hinter ihr waren Enten, die versuchten, nicht von der Strömung flußabwärts getrieben zu werden, und dabei legten sie die Köpfe schief und keckerten. Wir wären die Küstenstraße entlanggefahren, um am Strand den Sand zwischen den Zehen zu spüren und um das Konkrete zu vermeiden. Ein Nachmittag im späten August, an dem wir fern von Paris Kaffee trinken würden an einem Resopaltisch mit Limonadeflecken. Neben dem Café der Ruderclub mit aufgebockten Booten, mit einem Ghettoblaster, einem Steg aus wettergrauem Holz und festangestellten Schwänen.

Und mit Vögeln, die zwar zu hören, aber vor Helligkeit nicht zu sehen wären, sie würde in ihrer Handtasche die Sonnenbrille nicht finden. Neben großen Keramiktassen die zufällige Berührung zweier Handrücken, deren Haut sich nicht fremd ist. Sie dreht das Gesicht weg, mit über die Stirn gehaltener Hand beschattet sie die Augen und sucht den Horizont ab, um einen Grund für die Schwerelosigkeit zu finden.

Und es wäre möglich, daß sie beim Ausleeren ihrer sandigen Sandalen ihre Hand auf meinen Arm legte, um das Gleichgewicht nicht zu verlieren.

Fern von Paris könnten wir, leichtsinnig wegen der gelungenen Heimlichkeit, die Arme umeinanderlegen und in Stechmückenschwärme hineinlaufen, sie die Augen schmal vom Sonnenlicht. Ginstergeruch.

Wir könnten uns in den Sand legen, und ich will die Mulde ansehen, dem Sand die Form ihres Körpers ansehen, wenn sie aufsteht, um Cola und eine Zeitung zu kaufen. Am späten Nachmittag würden die eisernen Uferabsperrungen zwischen den Papierkörben Schatten auf den Asphalt werfen, eine Schrift aus Schatten.

»Belish weiß nicht, daß ich hier bin«, sagte sie in

all das Wasser hinein, vor dem sie stehen würde, »er darf es nicht wissen.«

Es wäre ein heimliches Zurückfahren in der Dämmerung, das Dieselgeräusch eines Autos vor uns. Ich hätte ihr, um uns nicht zu verraten, die Muschel in dem Andenkenladen nicht gekauft, die wie ein Waw geschwungen war und die in ihren Handteller paßte. Unkraut und Brennesseln neben der Straße und gelbe Plastikkanister, einmal ein einsames Feuer und Rauch gegen aufziehende Wolken. Malven in einem Dorf und Sonnenblumen, eine Weinhandlung, in der wir nichts kaufen würden. Keine Indizien, wo wir gewesen wären und mit wem. Belish ist streng und seine Ehre kostbar, ich bin Künstler und stumm und habe nichts zu hoffen. Über der Straße der Geruch nach Ruß, und geheiratet wird nicht aus Neigung. Höchstens einmal verstohlenes Nebeneinanderhergehen am Vormittag, wenn sie Gänge für Belish erledigt.

Das letzte Stück Weg durch Schrebergärten und Industrieviertel, vorbei an Graffiti in Grau und einem schönen Fayencegrün.

Ein unwirkliches Heimkommen.

»Enten«, sagte sie vor meinem Bild, »wenn sie auffliegen, bewegen ihre Füße schnell über das Wasser, es sieht wie Laufen aus. Ihre Flügelspitzen machen kleine v aufs Wasser. Fliegen ist für sie schnelleres Schwimmen.«

Sie drehte sich und stand plötzlich mit dem Rücken zum Bild, das Glas spiegelte ihre Schultern und das Kopftuch. Wenn sie hinausgeht, dachte ich, werden alle Punkte aus meinem Bild ihr folgen und über den Boden rollen.

Damit sie blieb, schrieb ich *Die roten Bälle passen gut zu Ihnen* auf einen Zettel.

Die Farbe ihrer Haut verbündete sich mit der der Punkte.

Sie schüttelte den Kopf.

»Ich muß jetzt gehen«, sagte sie, »ich will nicht, daß Belish merkt, daß ich hier war. Ich will ihn nicht kränken, er hat niemanden außer mir.« Sie gab mir den Zettel zurück.

»Die Punkte nehme ich mit.«

Da hielt ich es für möglich, daß sie noch Steinchen in den Schuhen und Sand zwischen den Zehen hatte. Hielt für möglich, ihre Augen und ihren Mund und ihre Augen und ihren Mund und wieder ihre Augen anzusehen.

Han, schrieb ich, als sie gegangen war, auf meinen Zettel, *Han, kennst Du diese Frau? War sie schon einmal hier?* Er schüttelte den Kopf und sah auf den Gehweg hinaus, als wolle er sie noch einmal in Augenschein nehmen. *Kennst Du das Restaurant »Belishs Garten« in der Rue Stanislas?*

Wieder Kopfschütteln, aber diesmal sah er mich ernst an.

Wie viele verschleierte Frauen es in den nächsten Tagen in der Rue de Pelletier gab! Und in der Rue de Fleurus und in allen anderen Straßen. Allmählich fiel mir selbst auf, daß ich Kreise um die Rue Stanislas zog.

Außerdem ging ich zu Monsieur Han, und obwohl niemand vor meinem Bild stand, winkte er mich zu sich herein.

»Du hast letztes Mal nach der Frau gefragt«, sagte er leise. »Kennst du Badijan?«

Nein, schrieb ich auf. *Wer ist das?*

»Seltsam, daß du Badijans Galerie nicht kennst. Ihr kommt doch beide aus Tabriz? Aber Badijan stellt ja keine moderne Kalligraphie aus. Badijan kannte Belish schon, bevor er nach Paris kam. Das muß zehn oder zwölf Jahre her sein. In Tabriz hatte Belish noch seinen Tuchhandel, Haus und Garten nicht weit von der blauen Moschee. Aber dann muß er wohl Pech gehabt haben, der Handel lief nicht mehr gut, und seine Frau starb. Er kam hierher und übernahm das Restaurant. Vor dem Umbau hieß es La Caspienne.«

Und was, dachte ich auf meinen Spaziergängen, was, wenn ich, verrückt vor lauter Aussichtslosigkeit, doch etwas hoffte?

Wenn sie, überrascht von einer halben Stunde Unbeobachtetsein, mit mir spazierenginge? Außerhalb der Stadt. Vorbei an einem Holzlagerplatz mit dem Geruch nach geschälten Stämmen, die vor Nässe glatt und schwarz sind. Wir stehen am Fluß, fließendes Wasser macht Sehnsucht, wir stehen auf einer Brücke und sehnen uns. Und dann wische ich ihr eine Wimper aus dem Gesicht, sie bläst sie von meinem Finger. Was sie sich wünscht, wäre in den Augenwinkeln zu sehen, und ich lege den Arm um sie, unter unseren Beinen fließt Wasser hindurch, und meine Lippen staunen.

An der Uferböschung in grünen, wattierten Jacken Angler, die gleichgültig in großen Werkzeugkästen aus Plastik kramten, obwohl sich die Erde schneller dreht.

Beim Weitergehen erzählt sie vielleicht von ihrer Kindheit, als sie die Zeit gerochen hatte.

Zeit hatte den säuerlichen Geruch nach Milch, oder den gewaschener Wäsche. Sie hatte den Geruch reifer Aprikosen. Vor allem aber roch sie nach Mutter. Dieser Duft wurde später aufgesogen von den Gerüchen nach frisch gespaltenen Holzscheiten und Essen, der in den Kleidern der anderen Frauen wohnte, von dem Hennageruch, den Belishs Tante verströmte, und schließlich vom Geruch nach Staub und Wolle, der über Belishs Lagerhalle hing.

Sie würde erzählen, wie sie, als sie größer wurde, das Verstreichen der Zeit sehen konnte, wie das Licht vormittags hellblau und kühl vor den Fenstergittern stehenblieb und wie es nachmittags verflochtene Rosetten und Sterne in den Schatten auf den Boden tupfte, Muster, die die Füße auf dem kühlen Stein wärmten. Sie sah das Licht der Tage vergehen, die sich aneinanderreihten, ohne daß sie eine Spur hinterlassen hätten.

Sie würde erzählen, wie Belishs Handel zurückgegangen war. Wie er sich grämte, daß immer weniger Stoffballen aus den Bergen gebracht wurden. Wie er ein Stück des leichteren, neuen Stoffes in der Hand hielt, das vollkommen gleichmäßig angeschlagen war, wie er es in der Faust zusammendrückte und es verächtlich in der offenen Hand wieder aufspringen ließ. Wie er sich zu der vorgeschriebenen Pilgerfahrt entschloß. Wie Belish auf Reisen ging und wiederkam, um sie nach Paris zu holen, und wie er sein Restaurant eröffnete.

Wenn ich etwas hoffen würde, käme bei solchen Spaziergängen das kleine Lachen beim Lernen der Gebärdensprache, meine Hände auf ihren, muß der Zeigefinger weiter nach vorn? Und eine Korrektur, um die Zärtlichkeit zu verdecken. Sie würde mich vielleicht besuchen kommen. Es wären Tage mit Mansardenfensterblicken, keine Vorhänge, niemals. Immer die Augen geblendet vor Wetter, Helligkeit im Raum ohne Rest. Und dann käme ein Morgen, an dem ich aufwache und langsam die Muskeln an den Armen anspanne. An dem ich in ihr Gesicht mit den geschlossenen Augen sehe, ein sanftes und ohnmächtiges Fallen. Die Füße auf den Fliesen im Bad und Wasser im Nacken, nicht als Waschung vor dem Gebet, sondern vor Freude.

An dem Morgen würde ich im beschlagenen Spiegel mein Gesicht ansehen, es wäre aus Sand mit

Hügeln und Tälern und Augen. Die Wüste, sagt man, spricht mit der Stimme von Gestorbenen. Wasser, sagen sie, Wasser und Nacht und Lachen, weil sie wissen, was nötig ist. Über den Spiegel rinnt ein Tropfen, ein klarerer Streifen.

Lachen, ganz sicher.

Ich würde sehen, wie sie sich später vor dem abgeriebenen Spiegel an ihren Haaren zu schaffen macht, an ihren schönen langen Haaren, und ihr beim Anziehen zuschauen. Der Rollkragenpullover ist noch immer darauf bedacht, die Konturen ihres Körpers zu verwischen, aber sie trüge kein weites Tuch, und die Erinnerung an den Schatten auf ihrem Bauch liegt tiefer.

Wir machten Einkäufe im Regen, Grieß und Tee, an solchen Tagen kann man die Ärmel über die Hände ziehen und wissen, das ist das Glück, es riecht nach Salz und Öl und ist naß.

Wir würden vergessen, Koriander zu kaufen, und sie hätte Groll darüber, daß es kein Kuku'ye sabzi am Mittag geben würde.

Bestimmt läge einmal ein Zettel von ihr auf meinem Küchentisch:

Die Tomaten, die du gestern bei Sayed gekauft

hast, riechen noch bei Regen nach Sonne, nur eine ist verschimmelt und sieht schön aus, grüne und weiße Inseln in einem roten Meer. Wir könnten verreisen, Liebster, wir haben eine eigene Weltkugel.

Und dann käme der Anruf von Monsieur Han, er habe einen Interessenten für das Bild mit den roten Punkten, und ich würde ihr aufschreiben:

Nushu, sag ihm, das Bild sei unverkäuflich. Ich werde etwas anderes machen, das Cover für die nächste CD von Rabih Abou-Khalil, die längst fälligen Plakate für das Fest in der grünen Moschee, sorge Dich nicht.

Aber keine der Frauen, die verschleiert auf der Straße waren, hatte eine kleine Mulde zwischen den Schultern, direkt unterhalb des Nackens. Die Straßen waren leer und die Stadt verschlossen. Nach einigen Tagen gab ich meine Wanderungen im 6. Arrondissement auf.

Ich bekam von einem Verlag den Auftrag, die Schrift für ein persisches Kinderbuch zu setzen. Ich schrieb für einen Schirazer Geschäftsmann, der in Passy einen Laden aufmachen wollte, die 114. Sure auf ein Band.

Und ich schrieb einen Brief an meinen Onkel. Paris sei wunderbar, schrieb ich, und ich dankte ihm für seine Empfehlung, die mich zu Belish geführt hatte. Belish sei sehr freundlich zu mir gewesen, sein Restaurant sei gut besucht. Ich beschrieb ihm die niedrigen Tische, die mit grünem Stoff bespannten Wände, die Leuchter und das Glänzen der im Raum verteilten Teegefäße. Und daß das Restaurant berühmt sei für die Hackfleischklöße, die hier mit Aprikosen gefüllt und mit gemahlenem Cumin gewürzt würden.

Dann erzählte ich ihm von meinen kleinen Aufträgen und daß ich damit meine Schulden bei Sayed bezahlen konnte. Am Ende des Briefes schrieb ich, daß ich mich für Belish und seine Familie interessiere. Ob der Onkel mir bei Gelegenheit Näheres schreiben könne.

4

In den Nächten schlief ich schlecht. Ich lag in meinem Bett und sah meine Mansarde an wie ein weißes Zelt, um das herum Wüste ist. Morgen früh, dachte ich, werde ich angewehten Sand finden, wenn ich zum Eingang krieche. Feinen Sand, den ich durch die Finger rinnen lasse, damit ich nicht hineinschreibe.

Dann werde ich wieder die Stimme der Mutter hören: »Schluck sie ganz, Manour«, wenn sie mit einem Becher aus dem Zelt kam. Ich würde wieder die Last der Hoffnung spüren, daß sie auf dieser Reise eine Medizin gegen meine Stummheit fände. Da war der Vater schon lange bettlägerig.

Aber diese Nächte waren nicht so leicht zu schlucken wie ein Pulver aus Eidechsenhaut oder die Tinktur aus gestampftem Salbei, mit der meine kranken Stimmbänder geheilt werden sollten. Doch von Heiler zu Heiler wurde die Resignation meiner Mutter größer.

Einmal ging ich zu Bakar, Gebäudereinigung, Reisebüro, Telefonkarten ins Ausland. Der Laden war voller Stimmen, Plastikhüllen von Telefonkarten auf dem Boden, und wer seine Codenummer mit dem Nagel freirieb, redete und trank Kaffee, rief zu Hause an, rief in den Hörer, schrie. Ich wollte hören, wie jemand in der vertrauten Sprache telefonierte.

In der Nacht darauf wachte ich auf und hatte von Tabriz geträumt. Von den flachen, dunklen Häusern vor den Bergen. Von weitem sah ich die blauen Kuppeln von Masjed-e-Kabood, dann überquerte ich den Fluß. Ich ging nicht über die große Brücke, die rechts von mir lag. Das wunderte mich, aber im Traum konnte ich in der Luft laufen. So sah ich die Dächer von oben, sah in die Höfe und Gärten. Die Touhidestraße hinunter, wo wir nach dem Tod des Vaters gewohnt hatten. Da war das Krankenhaus, in dem der Vater gestorben war. Da waren die Straßen nach Norden, der Boulevard Shams-e-Tabrizi, noch weiter nach Sarbaz-e-Shahid, schließlich Seylab. Die

Abbasstraße, wo das Haus lag, in dem Mutter gearbeitet hat. Im Traum war das kein weiter Weg bis dahin. In der Luft waren die Schritte leicht, zur Khayyamstraße, hinunter zur Emamiyeh. Die Gegend von Mahdiyeh hat mir immer gefallen, ich flog niedriger, bewegte mich dicht über dem Boden.

Da waren auch die Jungen vor der Gehörlosenschule wieder, die hinter mir herliefen und schrien, ich sei stumm und blöd, weil mein Vater meinen Onkel gefickt hätte, und ich sei ein Ungläubiger, weil ich das Glaubensbekenntnis nicht sagen könne. Ich drehte mich nicht um, sondern ging wieder weiter oben in der Luft. Ich sah den Reishandel meines Onkels, die Lagerhallen und Lastwagen. Sah sein Haus, hinter den Fenstern saßen die Tante und die Kusinen, die Reis aus Säcken essen mußten, sie unterlagen dem Bann meiner Mutter, die immer noch dastand und zu jedem sagte: »Du mußt alles schlucken.« Im Hof stand ein Baum oder Strauch. Ich riß ein paar Blüten ab, um sie Nushu zu bringen. »Iß sie auf einmal auf«, befahl meine Mutter, »sonst wirst du nie sprechen können!« Und ich aß die Blüten und wachte auf, als ich die leeren Hände hob, um Nushu zu zeigen, daß ich ihr nichts hatte bringen können.

Am 5. August kam eine Karte von Belish mit der Post, auf der er mich bat, zu ihm zu kommen, sobald ich Zeit habe. Ich ging sofort hin. Auf dem Weg in die Rue Stanislas kaufte ich einen kleinen roten Gummiball.

Belish war nicht im Restaurant, ich wurde nach oben geschickt.

Die Tür war offen, ich zog meine Schuhe aus und sah mich um. Der Wandschirm stand anders als beim letzten Mal, und an der Wand hing ein großes Tuch, das mir bei meinem letzten Besuch nicht aufgefallen war. Darauf waren Blütenstauden in einem stilisierten Garten gestickt, und die Randborte war broschiert.

Belish begrüßte mich, er saß am Fenster und hielt eine Mappe in der Hand. Darin lagen Miniaturen. Es waren keine für den Verkauf im Basar gemalten, und Belish wußte das. Er hielt sie mir hin, indem er die Mappe auf seinem Schoß ausbreitete. Auf den ersten Blick sah ich auf allen Bildern einen Garten unter einem hohen Horizont, sah, daß ein Haus offen gezeichnet war und man durch das Dach und die Wand hineinsehen konnte. Sah, daß der Garten nirgendwo Schatten bot, die Vögel waren leicht und die Menschen zierlich gezeichnet.

Für Belish hatten sie seine Erinnerungen an das Leben in Tabriz ersetzt.

»Die Bilder haben meiner Frau gehört, Nuriyes Mutter«, sagte er. »Sie ist vor langer Zeit gestorben. Wenige Monate nach unserer Hochzeit hat sie ihr erstes Kind zur Welt gebracht, es war zu früh.«

Er schwieg und sah das oben liegende Bild sehr genau an.

»Nachdem später Nuriye auf die Welt kam, ist sie nicht mehr aufgestanden. Sie hatte die Mappe bei sich und sah sie an, als sie nicht mehr in den Garten gehen konnte. Sie sagte, unser Garten soll so aussehen wie der auf den Bildern. Ich solle ihr einen Pavillon bauen lassen. Wenn sie wieder gesund wäre, würde sie darin sitzen. Ich machte Pläne und ließ Arbeiter kommen und wollte nicht sehen, daß sie einen anderen Garten meinte.

Nuriye konnte gerade laufen, als sie starb.«

Dann sagte Belish nichts mehr, bis es dunkel wurde. Als die Straßenlaternen Schatten an die Wand warfen, hielt er mir die Mappe hin.

»Nuriye soll heiraten«, sagte er, »es ist alles beschlossen und festgelegt. Ich möchte ihr etwas Besonderes schenken, etwas, was sie an ihre Mutter erinnert. Zu den Bildern gehörte einmal eine

Sammlung von Texten. Sie sind verlorengegangen. Aber du, dachte ich, du kannst etwas dazu schreiben.« Und als ich zögerte, danach zu greifen, sagte er noch: »Dir fällt schon etwas ein ...«

Mein Tee war kalt geworden, als ich ihn schließlich trinken wollte. Auf den Zettel schrieb ich: *In welcher Schrift?*

Und am Ende schrieb ich: *Wen heiratet sie?*

Als ich ging, hatte ich den roten Ball wieder in der Hosentasche. Was sollte er in einem Zimmer mit einem großen, broschierten Wandbehang?

Die Antwort meines Onkels auf meinen Brief kam schneller als erwartet. Das Briefpapier trug den Briefkopf von Chayed-Rice Im- und Export.

Er hatte mit Kugelschreiber geschrieben, und seine Schrift war abgerissen, die Buchstaben rannten einzeln über das Blatt. Manche waren gerade, manche weit nach links geneigt, die Zwischenräume unregelmäßig. Als hätte er in großer Hast geschrieben. Oder im Ärger.

Belish, schrieb mein Onkel, sei ein Ehrenmann, und der Ruf seiner Küche sei ihm von eigenen Geschäftsreisen bekannt. Er wisse auch, daß Belish reich sei, so reich, daß ein Auftrag von ihm meinen

Existenzsorgen ein für allemal ein Ende machen könne, zumal er Freunde habe, denen er meine Kunst empfehlen könne. Und daß ich meine Arbeit tun solle, ohne Fragen nach seinen Angehörigen zu stellen.

Die Miniaturen sah ich immer wieder an. Sie waren, obwohl sie einzeln in der Mappe lagen, Reste einer Buchmalerei. Sie mußten gebunden gewesen sein, denn der rechte Rand war ausgefranst.

Ihr Format maß vierzehn mal neunzehn Zentimeter, und die Farben waren gut erhalten. Nur die Vergoldung war durch den Gebrauch teilweise abgerieben.

Früher fertigte man die Pinsel aus den Haaren junger Katzen, indem man sie in den Kiel einer Vogelfeder einpaßte. Für die feinsten Linien genügten manchmal nur zwei oder drei Haare, und diese Linien hier waren von einer beinah zitternden Zartheit.

Keines der Bilder hatte eine eindeutige Perspektive, sie schienen von mehreren Grundlinien her gearbeitet.

Ich wußte nicht, wann sie gemalt worden waren, aber sie mußten sehr alt sein. Man hatte sie bestimmt über viele Generationen in Belishs Familie weitergegeben. Auch auf den Rückseiten fand ich keinen Hinweis.

Ebensowenig verriet die Landschaft den Entstehungsort. Über dem Horizont war die Farbe des Wüstenhimmels versetzt mit einem Wolkenband und vielen Vögeln. Unten konnte sich der Blick in Details verlieren, in Bäumen und Blütenstauden. Und in den Rosen. Es gab unzählige und jede anders gezeichnet. Die Palette ihrer Farben wies eine so große Vielfalt auf, wie ich sie noch nie gesehen habe. Auf einigen Blüten und Blättern klebte eine türkisblaue Farbpaste, die sie wie kleine Schmucksteine aussehen ließ.

Miniaturen haben eine eigene Sprache, stellte ich fest. Die Personen auf den Miniaturen waren außerordentlich gezeichnet, und je öfter ich sie ansah, desto verblüffter war ich. Ihre Gesichter waren im Halbprofil gehalten, weil es unhöflich war, Menschen von vorne anzusehen. Und obwohl ich wußte, daß die Personen auf solchen Bildern niemanden Bestimmtes darstellen, dachte ich wieder an Nuriye. Vielleicht war es das Halbprofil, das mich daran erinnerte, wie sie vor meinem Bild gestanden hatte.

Es gab auf den Bildern wenige symbolische

Gesten, ein an den Mund gelegter Finger stand für Erstaunen, zu den Ohren gehobene Hände zeigten Respekt, und wer den Oberkörper entblößt, ist wahnsinnig vor Liebe.

Ich sah einen alten Mann, der einem jungen Mann, seinem Sohn vermutlich, zeigte, wie man eine Rose aufbindet. Und einen anderen Mann, jünger und in kostbaren, vergoldeten Kleidern. Er saß in einem großen Haus und hielt eine Stoffbahn ans Fenster, dahinter war der Garten voller Vögel.

Ein großer Garten, der doppelt ummauert war. Der äußere Garten umgab den inneren an drei Seiten, und im inneren Garten stand ein Pavillon. In dem Pavillon saß eine wunderschöne Frau mit langen schwarzen und offenen Haaren. Außerhalb der Gartenmauer war am unteren Bildrand eine Gasse, auf der Esel die Köpfe senkten. Der äußere Garten war geometrisch angelegt, da, wo die Wege sich kreuzten, stand ein Brunnen.

Und ich sah eine Hochzeit, die Braut thronte unter einem Schleier zwischen ihren Gästen. Im Hintergrund stand eine Frau neben dem Lager einer anderen Frau und hielt ein Neugeborenes. Vor dem Haus hob ein Mann die Hände gegen den Himmel.

Und auf einem Bild sah ich wieder den jungen Mann, der diesmal keine Rosen aufband, mit einem Eimer an der Gartenmauer stehen, hinter der die Frau mit den schönen langen Haaren lag. Auf der Gartenmauer saß ein kleiner Vogel und sah ihm zu, wie er die Mauer ansieht. Gäbe es die Mauer nicht, dachte ich, würde der Vogel fliegen und Mann und Frau und Vogel könnten sich ansehen. Die Reihe der Miniaturen war sicher nicht vollständig, die Geschichte, die sie erzählen wollten, wies Lücken auf. Und wo waren die Texte, die zu den Bildern gehört haben? Ich hätte in den Bibliotheken nach ähnlichen Sammlungen suchen können und sehen, ob bei ihnen ein passender Text stand. Aber wäre es damit getan gewesen?

Eigentlich verlangte es mich nicht nach dem Text selbst, und ich würde ihn auch nicht einfach abschreiben. Mich interessierte nur die Liebe in der Geschichte, ich hätte gern alles davon gewußt.

Und so, wie mich vor einigen Tagen – noch bevor ich von Nuriyes Verlobung erfuhr – meine Schrift angesehen hatte wie eine Landschaft, wie Kamele, Vögel, Augen, wurden die Figuren auf den Bildern allmählich zu den Menschen, die die ganze Zeit über meine Gedanken bevölkerten. Ich sah Nuriye, aber auch Belish, meine Mutter, den Vater. Und der Derwisch schien so geduldig auszusehen wie mein Schreiblehrer.

Währenddessen überlegte ich, was Belish von mir erwartete. Wahrscheinlich stellte er sich vor, daß ich Koransuren und Verse von Sheik Saadi in Nasta'liq oder in Rayhani oder vielleicht auch in eckiger kufischer Schrift schreiben würde. Sie den Bildern zuordnen und binden lassen. Aber je mehr ich darüber nachdachte, desto mehr drückte die Unmöglichkeit in meinem Magen.

Und auf einmal klopfte mein Herz laut.

Am nächsten Tag ging ich zu Dardouz, um Papier zu kaufen. Papier von wunderbarer Farbe und Struktur. Blaugrau, weil der Hintergrund der Miniaturen überwiegend in Blau gehalten war, und schwer, hundertachtzig Gramm auf den Quadratmeter. Der Rand war unregelmäßig geschnitten, es sah aus wie gerissen. Teures Papier gibt sich immer sehr schlicht.

Wie alles Papier von Dardouz hatte es einen eigenartigen Geruch. Es roch nach Ölfarben und frisch gemahlenem Kaffee. Dardouz verkaufte nur im vorderen Laden Terpentin, festes Gummiarabikum und Gravurflüssigkeit. Im Hinterzimmer, in dem er auch das kostbarere Papier lagerte, betrieb er eine Kaffeerösterei. Manche wußten davon und kamen immer donnerstags, wenn es ab sechs Uhr Kaffee zu kaufen gab, frischen, duftenden Kaffee in Tüten aus dunkelblauem Papier mit Längsstreifen.

Als ich das nach Kaffee riechende, teure Papier gegen das Fenster hielt, sahen die Fasern aus wie Wolken und Regen und Strudel im Wasser. Obwohl es sehr gutes Papier war, rieb ich es mit Stärke ein, um es glänzend zu machen.

Die Linien zog ich auf traditionelle Art, indem ich dünne Seidenfäden zwischen zwei Papierbogen legte und sie preßte. Bleistiftlinien mochte ich nicht, sie müssen ausradiert werden.

Und währenddessen überlegte ich mir, ob ich nicht einfach tun sollte, was Belish von mir erwartete.

5

Am Tag, an dem die Brautwerber Belishs Haus betraten, sah Manour im Garten die erste aufgeblühte Rose – als ich wirklich zu schreiben begann, war ich ruhig und gelassen, meine Hände waren sich sicher. Das Maß jedes Buchstabens in Kreis und Punkten war ihnen so vertraut wie der linken die Berührung der rechten Hand.

Nach vielen Versuchen entschied ich mich für eine schmale, schräg angeschnittene Bandzugfeder aus Kupfer, die die dicken und dünnen Striche gut voneinander unterschied.

Die Schreibkante rieb ich an der Oberseite mit Schleifpapier an und brannte das Tintenreservoir aus, damit es frei von Farbresten war. Einige Tage lang war ich beunruhigt darüber, welches die passende Tinte wäre. Sepia verklebt die Feder und Eisengallustinte schimmert blaustichig auf dem Papier. Am Ende machte ich mich nach dem Rezept meines Lehrers daran, Smakh zu kochen, indem ich Wolle, die vom Bauch eines jungen Schafes geschoren wurde, röstete, bis sie glühte und zu Asche zerfiel. Ich mußte sie mahlen und immer wieder über dem Bunsenbrenner aufkochen, bis die richtige Konsistenz erreicht war.

Um die Neigung der Buchstaben festzulegen, spannte ich Fäden schräg über meine Schreibtischplatte, so, daß sie zur Tischkante einen Winkel von 82° beschrieben. Dann schob ich das Papier darunter und wischte mit der Handkante leicht darüber.

Ich gab mir Mühe. Mehr als sonst.

Am Tag, an dem die Brautwerber Belishs Haus betraten, sah Manour im Garten die erste aufgeblühte Rose.

Alles war vorherbestimmt und festgelegt, und so kamen die Brautwerber, um das Brautgeld auszuhandeln. Sie gingen über Belishs Schwelle in den mit blaugemusterten Keramikfliesen ausgelegten Vor-

raum, bekamen ihre Schuhe abgenommen und brachten, wie es der Brauch verlangte, Geschenke.

Es war eine Dünenrose, die an diesem Tag aufblühte, die rosarote Knospen und viele kleine weiße Blüten zwischen dichten Blättern trug. Die Blätter hatten die Farbe von Wassermelonenschalen, während die äußeren Blütenblätter am Ansatz ein ganz zartes Rosa zeigten. Manours Vater hatte den Strauch an der Mauer zu dem äußeren Garten gepflanzt. Da, wo die Böden dürftig waren und keine anderen Rosen gedeihen konnten, und jedes Jahr begann sie als erste zu blühen. Im Herbst aber waren ihre Beeren schwarz, jedes Jahr; eine plötzliche Kälte verwandelte ihre Blüten und machte aus ihrem schimmernden Weiß ein stumpfes Schwarz. Es war, als hätte eine Blüte sich in ihr Gegenteil verkehrt, weil sie mit ihrer Vergangenheit abgeschlossen hatte.

Die erste Seite war ohne Fehler, die Linien zerflossen an keiner Stelle. Die Tinte war gut geworden, weder zu dünn noch zu zäh, die Bogen wurden gleichmäßig blasser. So legte ich das Blatt zum Trocknen auf einen Rost.

Belishs äußerer Garten glich einem lebenden Teppich.

Er war nach altem Muster in Quadraten angelegt, die mit blühenden Rosen besetzt waren. In der Mitte jeden Quadrates stand ein Baum in einem Gefäß aus Stein, das die Erde auch bei äußerster Hitze feucht halten konnte. Es war in jedem Quadrat ein anderer: in einem wuchs ein Pfirsichbaum, im nächsten ein Aprikosenbaum, der übernächste trug rote, kleine Pflaumen, und im vierten stand ein Granatapfelbaum. Im Schatten dieser Bäume gediehen die Rosen, die am wenigsten Licht haben sollten, weiter außen die, denen die Sonne weniger schaden konnte. Zwischen den Beeten kreuzten sich Wege, die zum Spazierengehen einluden.

In der Mitte des Gartens lag ein Brunnen. Dieser Brunnen war ein Kunstwerk. Belish hatte dafür eigens einen Baumeister aus Syrien kommen lassen, der als Meister in der Kunst der Wasserführung galt. Er kannte alle Möglichkeiten, einen Kanal umzulenken, und berechnete den Druck des Wassers, seine Temperatur und die Geschwindigkeit des Fließens. Er konstruierte eine Hebevorrichtung, damit der Brunnen hoch werden und Kaskaden plätschernd in das Becken fallen konnten. Den Boden der Becken ließ er mit Mosaiken verzieren.

Als Gärtner wußte Manours Vater, daß das Blühen

und Wachsen des ganzen Gartens den Segen auszudrücken vermochte, der auf seinem Besitzer lag, und kümmerte sich bei jedem Wetter um die Pflanzen.

Daß Manour die erste Rosenblüte, die eben zur Zeit der Werbung um Belishs Tochter einsetzte, erlebte, war nicht das einzige, was Belish und ihn miteinander verband. Denn Manour war am vierten Tage von Belishs Hochzeit geboren worden, genau zu der Stunde, als die wie eine Statue zwischen den Frauen sitzende Braut in Belishs Haus den Schleier hob und Belish ihr ins Gesicht sah.

Die Musik setzte aus, die Gäste hielten den Atem an, und Belish schwieg. Nach dem Zimbelschlagen, den hohen Tönen der Flöten, nach dem Schluchzen und Jubeln der Sänger und dem Trillern der Sängerinnen war die Stille, die in diesem Augenblick entstand, gleichsam ohrenbetäubend.

Und so hörte keiner, daß nach dem Stöhnen, dem Wimmern und Pressen der letzten Stunden im Gärtnerhaus dieser Stille eine weitere, ganz kleine Stille hinzugefügt wurde: Das Kind schrie nicht, und obwohl es ein Sohn war, vergaß die Hebamme vor Schreck, dem Allmächtigen zu danken. Manours Mutter hielt im Ausatmen inne. Sie wartete auf den

Schrei, der nicht kam, riß die Augen auf und begann, leise zu weinen. Aber das Kind atmete, es holte Luft, atmete hörbar ein und wieder aus. Das klang wie Pfeifen.

Es lebte, und die Hebamme rieb es ab und legte es Manours Mutter in den Arm.

Es war schon seit langem alles vorgesehen und festgesetzt. Der Flug der Vögel war bedacht worden, weil das Göttliche am Himmel zu lesen war, und der Fall kleiner Ebenholzstäbchen befragt, um das Endliche zu deuten.

Die Vögel zogen zu wenigen, ihr Flug schrieb weiche Linien, die man mit dem Pinsel hätte nachziehen mögen in ihrer Vollkommenheit. Die Ebenholzstäbchen fielen und bildeten ein kleines und anmutiges Muster, nur eines lag am Rand und quer. Um ganz sicherzugehen, hatte Belish nachts den Stand der Wolken lesen lassen. Die Wolke, welche dem Mond am nächsten war, schien in ihrer Mitte heller als an den Rändern. Die übrigen Wolken waren vom rötlichblassen Schein verschwommen, und je weiter sie vom Mond entfernt waren, desto weißer war das Licht, das ihren Umriß in die Nacht schrieb.

Alle Zeichen waren günstig. Sicherheit, Glück und

Wohlergehen wurden Belishs Tochter und ihrer künftigen Ehe vorhergesagt.

So war alles vorgesehen und festgesetzt worden.

Nach dieser Seite flimmerten die Buchstaben vor meinen Augen. Ich hatte die Feder nicht aus der Hand gelegt und zwischen den Seiten keine Pause gemacht.

Über dem Schreiben war es dämmrig geworden, ohne daß ich etwas vom Tag mitbekommen hatte.

Ich nahm die Arme vom Tisch, ließ sie hängen. Stützte die Ellbogen auf die Oberschenkel, legte den Kopf in die Hände.

Es war fast dunkel draußen, irgendwo klapperte Metall auf dem Asphalt, dann hupte ein Auto, und in der Wohnung unter mir bellte der Hund.

Die Wimpern kitzelten an den Händen, als ich die Augen schloß. Mit den Händen vor dem Gesicht war ich in einer Höhle aus mir selbst. Aber ich war nicht allein, ich sah, daß jemand da war. Sie stand mit dem Rücken zu mir.

Ich schließe die Augen, bis ich dich sehe, sagte ich in Gedanken zu Nuriye.

Und obwohl ich müde war, schrieb ich gleich darauf weiter:

Manour hatte die Dünenrosen immer den üppigen Damaszenerrosen, den herrlichen Albarosen mit ihren weißen vollen Blüten und den Hundertblättrigen vorgezogen, sie lieber gemocht als Bengal- oder Chinarosen, betäubend duftende Moschusrosen und Teerosen.

Belishs Gärten waren voll von Rosen, und sie waren so angelegt, daß zu jeder Jahreszeit ein anderer Teil in voller Blüte stand.

Manour liebte das zartrosa Weiß der Dünenrosen, er liebte ihre schüchternen und ein wenig fruchtig riechenden Blüten nach dem Grau der blütenlosen Monate.

Nur ihnen, pflegte der alte Han zu sagen, sei anzumerken, daß die Rosen aus einem Schweißtropfen des Propheten entstanden waren. Sie erinnerten an seine nächtliche Himmelsreise, ihre Knospen im dichten Grün der Blätter sahen aus wie Sterne.

Als ich am nächsten Tag sehr früh aufwachte, wußte ich zuerst nicht, weshalb. Ich hatte von den Miniaturen geträumt, das wußte ich, aber als ich versuchte, mich daran zu erinnern, konnte ich es nicht. An einen anderen Traum erinnerte ich mich noch, da war ich an einem Fluß, an dem die trägen Leiber der Boote aneinanderschlugen. Am Bug eines Bootes stand einer und staunte, und das Staunen breitete sich über den Fluß aus bis hin zum Ufer.

Ich entdeckte, daß es keine Boote waren, die schwammen, sondern Schildkröten. Eine schwamm ans Ufer und kam aus dem Wasser, es war eine Frau. In ihren dunklen Haaren klebte Lehm. Ich liebte sie, und sie stieg wieder ins Wasser und sagte, ich solle auf sie warten. Meine Antwort hörte die Schildkröte schon nicht mehr, während sie auf die Mitte des Flusses zutrieb. Ihre Flossen schlugen schnell und rhythmisch auf das Wasser.

Da wurde mir klar, warum ich aufgewacht war: unten auf der Straße ging eine Frau. Ihre Absätze klackten entschlossen und waren bis zur Kreuzung zu hören.

Ich setzte mich auf und sah zum Fenster. Draußen sagte der Tag noch nicht Tag zu sich, prahlte aber schon mit Konturen. Er behauptete den First und den Schornstein des Hauses gegenüber. Ich wußte, daß der Schrecken des Aufwachens sich wiederholen würde, wenn ich aufstünde und hinaus auf die Straße ginge. Alte Zeitungen und Plastikflaschen auf dem Trottoir würden wollen, daß der Tag nicht neu wäre. Für sie gäbe es keinen neuen Tag, dachte ich. Die Amseln tun nur so, als ob.

Als die Fenster des Nachbarhauses zu sehen waren, drehte ich mich um. So ist das Flattern der vielen kleinen Tagflügel, dachte ich und hörte Nuriyes Stimme, der rechte ist groß und fliegt ruhig, hast du gesagt. Erinnerst du dich an das Geräusch, das Enten beim Fliegen machen, Nushu?

Es klingt, als ob sie Luft zerreiben.

Es war nicht mehr viel Kaffee in Dardouz' blauer Tüte, und ich fragte mich, ob es bis Donnerstag reichen würde. Nach dem Trinken setzte ich mich an den Tisch, um zu schreiben, und sofort hatte ich wieder die Stimme meines Lehrers Han im Ohr:

»Nun, Manour? Wir fangen mit dem Punkt an. Stell dir einen Punkt vor. Kleiner als ein Sandkorn ist er, so klein, daß der Verstand ihn nicht mehr fassen kann. Er ist nichts, nicht wahr? Und doch ist er etwas. Du tauchst die Feder ein, drückst sie auf das Papier …

Ein Punkt ist der Anfang jeder Geschichte, verstehst du?«

Nachdem Belish den Schleier wieder über das Gesicht seiner Braut hatte sinken lassen, blieb er einen Augenblick wie in Gedanken neben ihr stehen. Die Gäste warteten gespannt. Sie hatten Belishs staunenden Blick gesehen, es war deutlich, wie sehr seine Braut ihm gefallen haben mußte. Aber sie hatten auch das starre Gesicht der jungen Frau gesehen. Dann lächelte Belish, und das Fest begann mit genau dem Lachen und Lärmen, mit den Umzügen und Festessen, den Auftritten der Tänzerinnen und dem Krachen wieder, das böse Geister verscheuchen sollte und böse Gedanken zerstreute. Süßigkeiten wurden nach dem Bräutigam geworfen und Rosenblätter über den Schleier der Braut gestreut. Die Sänger stimmten die unterbrochene Zeile des Liedes an, die Lauten fielen ein, und die Rohrflöten erreichten flirrend hohe Töne.

Im Gärtnerhaus blieb die Stille haften, es war, als ob sich das atemlose Schweigen der Hochzeitsgäste, erschreckt vom Wiedereinsetzen der Musik, in diesem stillen Winkel an der hinteren Mauer der inneren Gärten gesammelt und dort Zuflucht genommen hätte.

6

Als ich an diesem Abend zu Sayed ging, um Brot zu kaufen, stand an der Theke eine verschleierte Frau. Das Tuch lag fest vor dem Gesicht und lose auf den Schultern, es zeigte eine Falte im Nacken, die mir auffiel. Genau so hatte die Frau in Hans Galerie vor meinem Bild gestanden. Als ich mich hinter sie stellte, erinnerte ich mich, wie das Glas des Bildes ihren Rücken gespiegelt hatte und die roten Punkte mutwillig über ihr Kopftuch hüpften. Als ich den Wunsch spürte, zu fragen: *Paßt der Schleier über die Punkte in Ihrem Haar?*, wußte ich, daß sie es war. Ihrem Blick sah ich an, daß der Satz richtig gewesen wäre. Und daß ich nicht mehr in meinen Taschen nach Papier suchen mußte.

»Es gibt heute kein Sahlab«, sagte sie zu mir und

schüttelte den Kopf. Ich folgte ihr auf die Straße. Wir gingen Seite an Seite, man hätte uns für ein normales Paar in der Gegend halten können. Nichts war auffällig an einer Fille Tschador und einem stillen Mann, die nebeneinandergingen. Nur, daß unsere Arme sich beim Gehen manchmal leicht berührten. Nur, daß ich Herzklopfen hatte. Nur, daß die Mosaikbänke am Parkeingang blau und rot und türkis leuchteten, daß am Brunnen sich einer den Kopf wusch und dann beim Schütteln lachte, bis er sich bäumte von diesem großen Lachen.

Nur, daß die Blumen an diesem Abend am Parkeingang betörend dufteten und aus einem der Häuser eine Frau leise sang. Daß ein Kind auf einer Bank schlief und im Schlaf mit den braunen Beinen zuckte. Es war ein normaler Abend, nur daß Glück in der Luft lag. *Komm, setz Dich mit mir auf eine Bank,* wollte ich aufschreiben, wenn sie stehenbliebe. *Riechst Du es auch?* Und sie würde mit mir bis an die Ecke im Park gehen, in der die stehende Luft nach Buchs roch, es ein efeuumwachsenes Geländer gab und die Bänke versteckt unter Büschen standen. Staub auf den Blättern und Staub auf den Bänken, Staub in der Luft. Die Helligkeit war durch den Staub nicht mehr so maßlos.

Wir würden, dachte ich, uns auf eine Bank setzen. Und plötzlich eine Stille, die durchdringend ist und zum Staub paßt, die Stadt ist fern vor Stille.

Weil ich stehengeblieben war, blieb sie auch stehen, und ich zeigte auf den Park. Nuriye schüttelte den Kopf. »Belish wartet, daß ich ihm das Sahlab kaufe«, sagte sie. »Er hat heute abend eine Gesellschaft. Und außerdem regt er sich auf, wenn ich zu lange fort bin.«

Sie schlug den Weg zur Métro ein, ging aber langsam. Bei Sisouk klangen Stimmen übermütig aus dem Laden, und noch immer war es ein Abend, an dem die Straße nicht aus Papier war. An dem es nach Blumen, Gemüse, Staub roch. Bei Lasry hielt sich ein kleines Mädchen mit dünnen Armen am blauen Türrahmen fest und lachte uns an, als wir vorbeigingen. Nushu lächelte zurück, drehte sich zu mir um und sah, daß ich das Kind angesehen hatte. Und dann sah sie mich an mit einem Blick, der aus der Rue Goutte d'Or einen grandiosen Boulevard machte, aus einem fehlgeschlagenen Sahlabkauf ein Abenteuer und aus einem normal nebeneinanderhergehenden, schweigenden Paar ein Liebespaar.

An der Ecke blieb sie am Schaufenster von Reine d'Or stehen. Sie betrachtete die Hände der Fatimah, die in allen Größen angeboten wurden, wandte den Kopf nach rechts zu den Armbändern mit den leeren Fassungen, in die für jedes geborene Kind eine Münze eingefügt werden sollte. Und las laut von dem Schild ab: »Angebot! Besondere Rabatte für Hochzeiten. Dreißig Prozent!« Ihre Stimme war ein bißchen rauh, und mir wurde trotz des heißen Abends kalt bei dem Gedanken, daß sie sich für solche Angebote interessieren mußte. »Ich soll heiraten«, sagte sie plötzlich und nahm den Blick nicht von meinem Gesicht. »Belish hat alles arrangiert.« Ihr Blick war ernst, und die ganze Zeit, während ich in der Tasche nach dem Kassenzettel von *franprix* suchte, sah sie mich an. Pfefferminztee und Tomatenmark, Ihr *franprix* bedankt sich für Ihren Einkauf.

Ich weiß, schrieb ich auf die Rückseite und durfte von dem Hochzeitsgeschenk, das auf meinem Schreibtisch lag, nichts verraten. *Belish hat es mir gesagt.* Die Warnung meines Onkels in den Wind zu schlagen kam mir jedoch nicht einmal in diesem Augenblick in den Sinn. Hätte ich sonst etwas geschrieben, was sie als so gleichgültig, als unbeteiligt verstehen konnte? Sie las meinen Zettel, las ihn noch einmal und knüllte ihn in der Hand zusammen.

»Er hat es dir gesagt?« fragte sie, und noch einmal: »Er hat es dir gesagt«, diesmal fragte sie nicht mehr.

»Und du denkst wie er!« Ihre Stimme zerschnitt den Abend in lauter kleine Stücke. Sie warf die Papierkugel auf den Boden, und während ich mich bückte, um sie aufzuheben, hörte ich ihre Schritte.

Als ich mich aufrichtete, sah ich, daß sie beinah rannte. Ohne stehenzubleiben vorbei an Zeina, an den auf dem Trottoir gestapelten Koffern.

Sie wurde nicht angesprochen, sie war eine eilige Fille Tschador. Der Händler, der sich jedem Vorübergehenden aufdrängte, ließ sie in Ruhe. Hätte er auf ihre Schuhe geachtet, hätte er ihr etwas verkaufen wollen, es waren die reichen Schuhe von einer, die nicht aus dem 16. Arrondissement kam. Aber natürlich drängte sich der Händler gleich darauf zwischen uns: Er stand im Weg. »Hier, was du für deine Liebste brauchst, ein Bettuch, bring ihr ein Bettuch mit.« Und als ich die Métrotreppe heruntergerannt kam, fuhr die 4 gerade fort.

7

Manours Vater war schon alt, als er nach dem Tod seiner ersten Frau begonnen hatte, Rosen zu züchten. Ihm war nichts geblieben als die Rosen, die sie gepflanzt hatte, nichts, dem er sonst hätte seine Liebe zuwenden können.

Er hatte sie gewässert und gedüngt, zurückgeschnitten und die zarteren Pflanzen in der kalten Zeit in Leinwand gehüllt. Tag für Tag hatte er verblühte und kranke Blüten abgeschnitten, abgestorbene Triebe entfernt und mit Schädlingen gekämpft.

Er pflanzte neue Sträucher, Zwergrosen und chinesische Wildrosen, die an den Mauern sehr hoch kletterten, dornige Damaszenerrosen und Fuchsrosen, deren Farben leuchtend waren, obgleich ihr streng an Wanzen erinnernder Geruch ihm nicht behagte. Er veredelte einfache Feldrosen und züchtete vieldornige Büsche mit gefiederten Blättern und lachsrosa gefüllten Blüten.

Mit der Zeit hatte er seltene und berühmte Rosen in seinem Garten, und Belish kam sein Ruf als Züchter zu Ohren.

Als es Manours Vater gelang, eine Rose zu züchten, deren fast zinnoberrote Blüten an den Rändern in Goldbronze übergingen, schickte Belish Boten zu Manours Vater, die ihm Pfropfreiser bringen sollten.

Immer wieder waren Brautwerber wegen Belishs Tochter gekommen. Sie gingen über Belishs Schwelle in den Vorraum, stellten ihre Schuhe ab und besahen die Muster der blauen Keramikfliesen. Niemand von ihnen hatte Belishs Tochter gesehen, aber ihr eilten die Reden der alten Frauen und das Summen und Flüstern in Belishs Haus voraus, ihr Rang war bekannt, und um den Handel ihres Vaters rankten sich viele Gerüchte. Um Belish geneigt zu stimmen und die Verhandlungen günstig zu beeinflussen, überbrachten die Werber Geschenke. Sie wurden in Belishs Räume geführt, bekamen Tee und Süßigkeiten gereicht, wechselten höfliche Worte und gingen unzufrieden fort.

Manour hörte die Reden in den Gassen und breiten Straßen nicht, er hörte nichts vom Flüstern in den Häusern, von dem Geraune und den Spekulationen. Er hörte dem Wind zu, wenn er heiß wie der Atem aus der Wüste kam, und ließ sich von ihm berichten.

Er lauschte dem Rauschen des Regens und unterschied die Stimmen durchziehender Zugvögel von denen der Heckennister, die der alte Han an das Bleiben im Garten gewöhnt hatte.

Am nächsten Tag brauchte ich vier Bogen von dem teuren Papier, um diese Geschichte aufzuschreiben. Meine Hand war unruhig, wie ich mich nicht daran erinnern konnte, je unruhig gewesen zu sein. Die Schrift war zittrig, mehrmals stand ich auf und ging ans Fenster. Tauben hatten den Platz des Drosselpärchens eingenommen, und noch immer war es heiß und hell. Als ich anschließend weiterschrieb, vergaß ich ein Wort, und der Satz ergab keinen Sinn mehr.

Bestürzt stand ich an meinem Tisch. Neben der Lampe, die auch tagsüber brannte. Aus der Schublade, in der ich die Miniaturen verwahrte, nahm einen großen, sehr großen Bogen Karton und einen breiten Filzstift und schrieb in der Art eines Ladenschildes darauf:

KAUFEN SIE BEI SAYED ALIMENTATION!

TÜRKISCHE ROSINEN		2,90/kg
PISTAZIEN		4,80/kg
TEE AHMED	nur	5,18/kg

NEU EINGETROFFEN:
SAHLAB – MITTWOCH AB 18 UHR!

Dieses Plakat rollte ich zusammen und fuhr mit der 4 zur Métro Vavain. Ich klebte es da an die Wand, wo sie es lesen mußte, falls sie in den nächsten Tagen Métro fahren würde.

Niemand konnte sich erinnern, wann der alte Han aufgetaucht war. Es war, als sei er in das Leben in Belishs Haus eingewebt wie ein Faden, dessen Anfang und Ende im Gewebe nicht zu erkennen sind. Niemand erinnerte sich daran, ob er schon dagewesen war, als Belishs Vater noch gelebt hatte. Er sei eines Tages im Gewand eines Wanderpredigers an die Tür gekommen und habe Aufnahme gefunden, wurde manchmal geflüstert, seine Flöte sei aus dem Beil eines Derwischs gemacht. Der alte Han liebte die durchziehenden Wandervögel und beobachtete, wie ein Vogel, wenn er abwärts flog, die Beuge seiner Flügel zu den Schultern zog und die Flügelspitzen nach dem Schwanzgefieder hin ausrichtete, bis er weniger

Luftwiderstand hatte. Wie er dann den linken Flügel ausstreckte, langsamer wurde und einen Bogen flog. Wie er an Höhe gewann und sein Gefieder auf einmal von der Sonne angestrahlt wurde, bis es weiß glänzte. Den Singvögeln im Garten gab er Schutz und fütterte sie in der mageren Zeit, wenn das Ungeziefer nicht zahlreich genug war. Und er sprach mit ihnen. Vögel seien dem Himmel näher als Menschen, pflegte er zu sagen, sie schrieben Gottes stille Gedanken ins Blau.

Nur wenige Gläubige verstünden, darin zu lesen. Der alte Han war da, als Manours Vater begann, in Belishs Gärten zu arbeiten. Er war da, als Belish heiratete und Manour geboren wurde. Er betete während Nuriyes Geburt und als ihre Mutter starb.

Und er brachte mir das Schreiben bei.

Manours Vater beobachtete das Wetter und pflegte seinen Garten danach. Er kannte die Rituale der Wolkenbildung und die Bewegungen, mit denen sie sich vereinigten, bis große Wolken entstanden, oder den leichten Schwung, mit dem sie auseinanderglitten.

Jeden Morgen, wenn er in den Garten ging, sah er zuerst zu den weit entfernt liegenden Bergen. An den helleren Stellen unterschied sich ihre Farbe selten von der des Himmels.

Sein Blick wog das Gewicht der Wolken, und ihre Schwere oder Leichtigkeit verrieten ihm, welche sich auflösten und welche Regen bringen würden. Wenn er sah, von welcher Seite der Wind die Wolken traf, ahnte Manours Vater, ob er sie zusammenballen oder zerstreuen würde. Er malte sich aus, wie sie durch die Berührung zusammengepreßt würden, bis es regnete. Er wußte, wann Eile nötig war, um die Pflanzen zu schützen. Wenn die Sonne die Erde zu stark erwärmte, deckte er den Boden rund um seine zartesten Sträucher mit Reisig ab, bevor die Hitze Risse in den Staub zog. Und er wußte, daß Rosen, die den ganzen Tag der Sonne ausgesetzt sind, schneller blühen, intensiver duften und rascher verblühen. So spannte er Leinwand auf, wenn ihm Schatten geboten schien. Er schwieg, wenn er im Garten war, und er schwieg, wenn es um Rosen ging. Die Geheimnisse seiner Züchtungen verriet er niemandem, und niemand erhielt Pfropfreiser.

Als ich am nächsten Abend nach meinem Plakat sehen ging, war es überschrieben. HE, DJ DANNI, hatte jemand mit dicken Buchstaben drübergesprüht. Und auf den freien Platz: DU KANNST DICH NICHT VOM ACKER MACHEN: WIR SIND IM BOOT.

Das IM war dreimal unterstrichen.

So hatte ich mir eine Antwort nicht vorgestellt.

Ich überlegte, wie lange mein Plakat lesbar gewesen war. Aber keine Sekunde zweifelte ich daran, daß ich am Mittwoch bei Sayed warten würde.

Als Belish den Schleier seiner Braut wieder über ihr Gesicht gleiten ließ, blieb er einen Augenblick wie in Gedanken neben ihr stehen.

Während die Blütenblätter fielen, wußte Belishs Braut, daß ihr Leben hinter diesem Schleier verlaufen würde. Sie war schon als Kind darauf vorbereitet worden zu heiraten. Sie hatte gelernt, den Blick zu senken, hatte gelernt, durch die Finger zu sehen oder sich abzuwenden. Um Belishs Frau zu werden, hatte sie geübt, zu lächeln und Gäste zu unterhalten. Sie konnte Blumen arrangieren und Muster aus Garn oder farbigen Fäden auf Stoffen entstehen lassen. Sie wußte Geschichten zu erzählen, Träume zu deuten und die Tafel anzurichten.

Der Schleier senkte sich über ihr Gesicht, über ihre Sinne und Gedanken. Sie hatte das Schweigen gelernt.

Am fünften Tag von Belishs Hochzeit schloß sich die Stille im Gärtnerhaus um die fernen Trommelschläge des Festes, wie sich die gekräuselte Oberfläche eines Sees über fallenden Steinen schließt.

Manour war noch nicht einen ganzen Tag auf der Welt, als die Hebamme wiederkam. Sie untersuchte seine Mutter, klopfte ihren Bauch ab und befühlte ihre Schläfen, zog das Neugeborene aus. Sie sah es genau an, hob es hoch und roch an ihm, wusch es und wickelte es in trockene Tücher. Sie kochte Anemonen mit ihren Stengeln und gab Manours Mutter den Sud zu trinken, um den Milchfluß anzuregen. Sie fand beruhigende Worte für Manours Vater und murmelte, summte und eilte, wie sie es immer tat, und wußte dabei, daß etwas an dieser Geburt anders gewesen war.

Vielen Müttern hatte sie im Lauf ihres Lebens bei der Geburt geholfen und Neugeborene erlebt, die sich ungeduldig und kraftvoll ans Licht strampelten. Öfter hatte sie Kinder ins Leben gezogen, die erschöpft waren. Manchen hatte sie ins Gesicht blasen oder sie mit einem Klaps ans Luftholen erinnern müssen. Wenn es das Schicksal wollte, wiegte sie kleine Körper in den Armen, aus denen das Leben leise ging wie ein Windhauch, der über einen Garten weht.

Sie hatte den Allmächtigen gepriesen oder getröstet, geschimpft und wunderwirkende Sprüche gewußt.

Aber ein Neugeborenes, das keinen Schrei, nicht einmal ein Wimmern von sich gab, war ihr nie vorgekommen.

Als die Hebamme das Gärtnerhaus verlassen hatte, war die Stille dort so intensiv, daß das Platzen einer reifen Wassermelone zu hören war.

Zwei Tage später hatte ich wieder eine Karte von Belish in der Post. Ich solle, schrieb er, so rasch wie möglich zu ihm kommen. Die Dringlichkeit seiner Worte überraschte mich, und sofort hatte ich ein schlechtes Gewissen. Möglich, daß Nuriye ihm erzählt hatte, daß wir uns begegnet waren. Daß ich mit ihr in den Park gehen wollte, daß meine Arme sie im Gehen gestreift hatten und ich sie mit den Augen geküßt habe. Und all das, obwohl sie verlobt war.

Möglich, daß Belish – wie mein Onkel geschrieben hatte – ein Ehrenmann war und ich mich besser nicht mit seiner Tochter auf der Straße blicken lassen sollte. Andererseits waren wir weit von der Rue Stanislas gewesen, wer hätte uns beobachtet haben sollen? Möglich war aber auch, daß Nuriye bereute, daß sie weggelaufen war. Dann würde sie dafür sorgen, daß ich sie sah.

Und so zog ich mir ein sauberes Hemd an und machte mich auf den Weg.

Belish saß im Restaurant an einem Tisch und unterhielt sich.

Als er mich sah, begrüßte er mich und ging mir voran die Treppe hoch. Es sah so aus, als wollte er mit mir allein sprechen, und mein Magen zog sich zusammen. An der Tür machte er mir ein Zeichen, das ich nicht recht verstand, und ging wieder.

So stand ich im Zimmer und sah mich beunruhigt um, aber der Wandschirm war so an die Wand gerückt worden, daß unmöglich jemand dahinter sein konnte.

Gleich darauf kam Belish ins Zimmer und hielt ein Blatt in der Hand. Sein Gesicht wirkte feierlich und so, als ob er mit mir etwas teilen wollte. Etwas Kostbares.

Und dann legte er vor mir die vollkommenste Kalligraphie auf den Tisch, die ich gesehen habe. In schwungvollen, sich überschlagenden Buchstaben stand »Allah, der sich erbarmt und ein Einsehen hat« darauf, und wie ein Rhythmus wiederholte sich der Buchstabe Nûn in runden Bogen mit dem Punkt in der Mitte. Die Anstriche saßen so im Winkel übereinander, daß sie einen Flügel bildeten, der jeden Augenblick vom Blatt zu fliegen schien. Überhaupt erinnerte die Komposition an einen sich vor Freude überschlagenden Vogel. Der Stil war von der Tugraschrift inspiriert, trug aber die Kennzeichen einer eigenen Hand.

Als ich wieder aufsehen konnte, lächelte Belish.

»Nun?« fragte er. »Badijan hat es mir verkauft. Die Anstriche, siehst du, fünfmal. Jeder setzt genau unter dem anderen an. Und die Schwünge der Nûn haben die Punkte im Bauch.« Er strich sich mit der Handkante über die Oberlippe. »Ich mußte es dir gleich zeigen. Es gefällt dir, nicht? Und du weißt auch, was es wert ist?« Er rieb mit dem Zeigefinger am Daumen, als ob er einen Faden rollte.

Ich nickte. *Ja,* schrieb ich auf die Innenseite meiner Hand. *Ich kann es mir vorstellen. Es muß von Muhammed Khan Saba sein, das ist seine Hand.*

Belish legte das Blatt zwischen uns auf den Tisch, damit wir uns beide darüberbeugen konnten. Seine Haut roch nach Essen und ein bißchen nach Seife.

Als ich ging, hatte ich Nuriye nicht zu sehen bekommen, und ich überlegte, ob sie Sahlab gekauft hatte oder jemals wieder welches kaufen gehen würde.

Gegen kein Geld der Welt gab es Pfropfreiser.

So kam es, daß Manours Vater Manours Mutter heiratete, die in Belishs Haus dafür zuständig gewesen war, die Wäsche zu zählen, und Belish übergab ihm den äußeren Garten zur Pflege. Manours Vater zog mit seiner jungen Frau in das Gärtnerhaus aus apfelsinenfarbenem Stein, das an der hinteren Mauer lag, und züchtete Rosen.

Er wässerte und düngte sie, schnitt sie zurück und hüllte die zarteren Pflanzen in der kalten Zeit in Leinwand. Er kämpfte mit den Miniermotten, die die Blätter gelb werden ließen.

Er erkannte, ob in einem gewellten Blatt eine Blattrollwespe saß, und verbrannte die Triebe, die plötzlich zu welken begannen, damit die Schädlinge, die sich ins Rosenmark gebohrt hatten, sich nicht vermehren konnten.

Abends ging er zur hinteren Mauer in das kleine Haus zu seiner jungen Frau. Von weitem schien die Farbe der Hauswände im abendlichen Wechsel des Lichtes aufzugehen.

Nach einem Jahr schlug er Belish vor, für den

äußeren Garten Celsiana-Rosen zu züchten, die weiße und lachsrote Blüten aus einem Stamm treiben konnten.

8

Die Stille blieb in dem Gärtnerhaus aus apfelsinenfarbenem Stein, und angesichts des freudigen Lärmens, das während der Hochzeit über Belishs Haus und den Gärten lag, war sie ein scheuer Gast.

Als Manour zwei Tage alt war, ging Belishs Fest mit einem üppigen Essen zu Ende, und die Gäste reisten ab. Die geschäftige Eile im Haupthaus wich in den folgenden Tagen einer lauernden Trägheit, um Belishs Frau auf die Probe zu stellen. Über das große Haus senkte sich die Ruhe auf dieselbe Weise, wie Staub sich nach einem Sturm über die Gärten legt.

Währenddessen lauschte Manours Mutter den Atemzügen ihres Sohnes. Sie lernte den Klang der Schlafstille von dem der Wachstille zu unterscheiden. Sie erriet seinen Hunger, fühlte, ob er warm und trocken genug lag, und ließ ihn nicht aus den Augen.

Als Manour genau eine Woche alt war, kam ein in den Schriften bewanderter alter Mann in das Gärtnerhaus. Er flüsterte Manour seinen Namen in das rechte Ohr, fügte den Gebetsruf und das Glaubensbekenntnis an und schor ihm, wie es Brauch war, den Kopf.

Er riet Manours Vater auch zum Besuch in einem wundertätigen Schrein, um seinen stillen Sohn zu befreien, für den Fall, daß ein Schatten oder Fluch seine Stimme gebunden hätte.

Die Mauer, die den äußeren Garten ganz umschloß, war aus gebrannten Ziegeln und hoch, das Tor überdacht.

Belish ließ lange Bordüren aus Sandstein hauen, die wie ein geflochtenes Band aussahen und die Beete einfaßten. Manours Vater bepflanzte die Mauer, die den äußeren Garten vom inneren Garten trennte, mit sehr dornigen aufrechten Kletterrosen, die er zurechtschnitt, bis sie Türmen von Blüten glichen.

Genau in der Mitte des Gartens, da, wo die beiden Wege aufeinandertrafen, stand der Brunnen. Es war ein Wunder geworden: Frisches Wasser sprudelte aus einer Steinsäule und fiel in Kaskaden in ein rundes, mit türkisfarbenen Mosaiken sternförmig verziertes Becken. Daraus rann es in das nächstgrößere Becken, dessen Mosaik in Beifußgrün und Blau ein Muster aus stilisierten Ranken und Blüten zeigte. Das größte, unterste Becken war ganz weiß ausgelegt. Um den Rand liefen Linien, die sich verzweigten und wie unter einem Zauber Ornamente bildeten.

Weder Staub noch Schmutz trübten jemals das Wasser. Da, wo es vom oberen Becken in das untere Becken floß, spritzten Tropfen in die Luft, Wirbel bildeten sich an der Wasseroberfläche, und Wellen wurden nach außen hin flacher.

Der Himmel hatte auch über dem Garten die Farbe, die er über der Wüste hatte, und damit machte er das Fließen des Wassers in den Brunnen, das Sprudeln und Plätschern, das Hochspritzen glänzender Tropfen in die Luft und die kleinen Wellen in den Becken zu einem Inbegriff des Überflusses.

Am Mittwoch ging ich schon am Nachmittag aus dem Haus. Ich wartete vor dem Park, an dem man vorbeikommen mußte, wenn man von der Métro in die Rue de Chartres ging, um Sahlab zu kaufen. Oder um zu bedauern, zu erklären oder in den Park zu gehen.

Eine Zeitlang ging ich hinter einer Frau mit Hund. Der Hund hatte hohe Beine und einen breiten Rücken. Er rannte zu einem der Bäume vor dem Park, die Leine ruckte, und die Frau verlor das Gleichgewicht. Sie blieb stehen und schimpfte mit dem Hund. Am nächsten Baum wiederholte sich das Ziehen und Schnüffeln des Hundes, das Stolpern und Schimpfen der Frau. Da ging ich auf die andere Straßenseite. Ich gehe nicht gern hinter Paaren, die streiten.

Ich patroullierte die Rue Goutte d'Or hinunter, über die Kreuzung und ging auch ein Stück die Rue de Chartres hoch, aber nie zu weit. Dann fiel mir ein, bei Sayed zu warten.

Der Laden war leer, Sayed machte mir ein Zeichen, als ich kam. Es sah aus, als nähme er eine Prise von etwas aus einer Dose, und ich verstand nicht. Sayed begann zu kichern und hob Daumen und Zeigefinger an die Nase, und ich dachte, er wollte mich an ein Gewürz erinnern, aber ich verstand seinen Spaß nicht. Davon, daß ich Werbung für seinen Laden gemacht und an der Métro Vavain aufgehängt hatte, konnte er nichts wissen.

Von innen war NARI NISIAR an die Scheibe geschrieben, und es kam niemand in den Laden. Ich las die ganze Zeitung und erfaßte nur sehr allmählich, was da stand. Sayed fragte zweimal, ob ich mir Sorgen wegen des Teheraner Erdbebens machte, er habe mit seinen Verwandten telefoniert. Nein, es sei wirklich niemandem etwas passiert, nur die Häuser. Ob ich die Häuser im Osten kenne? Und dann erzählte er von den Verwandten, von seinen Pariser Freunden und den Kunden, die kamen. Von allem und nichts.

Schließlich ging ich dazu über, Tee auszusuchen. Und Tomaten. Brot. Eine Dose eingelegten Fisch.

Bis Ladenschluß waren drei- oder viermal Kunden gekommen. Niemand hatte Sahlab verlangt, und Sayed wickelte mir meine Einkäufe in die Zeitung ein.

Die Stimme meines Lehrers klang resigniert, als ich mich am späten Abend wieder an die Arbeit setzte:

»Ein Punkt ist so klein, daß er nicht mehr geteilt werden kann. Er ist so klein, daß er fast keinen Platz braucht, obwohl er einen Ort bezeichnet. Punkte, aneinandergereiht wie die Perlen einer Kette, nur viel dichter, geben Linien. Linien, die sich verzweigen oder sich umeinanderschlingen. Linien im Sand, hier, nimm meinen Stock.«

Als die Celsiana-Rosen begannen, aus einem Stamm lachsrot und weiß zu blühen, ließ Belish Manours Vater zu sich rufen. Manours Vater ging durch einen mit blauen, gemusterten Fliesen ausgelegten Vorraum, stellte seine Schuhe ab und wurde in die inneren Räume geführt. Man reichte ihm Tee und Süßigkeiten, er betrachtete Belishs Sammlung von turkmenischen Wasserkaraffen mit Griffen und Ausgüssen, die wie Drachenköpfe geformt waren, und wechselte höfliche Worte mit Belish. Über den Wind, der von der Wüste herkam. Über das Schneiden der Damaszenerrosen in den frühen Morgenstunden, wenn der Duft in den Blüten hing und sich noch nicht verbreitet hatte. Über das Wetter, die Gesundheit und das Alter, das Manours Vater in die Knochen gekrochen war und die Hände von innen spannte, bis sie sich krümmten. Und über den alten Han, der mit den Vögeln sprach.

Am Ende des Gespräches gab Belish ihm die Schlüssel zum inneren Garten, der den Frauen vorbehalten war.

In den Wochen nach Belishs Hochzeit fiel das Leben in seinem Haus wieder in den gewohnten Gang. Es war nicht das Trotten, Zögern und Bocken der Esel, sondern der langsame, würdige und schwankende Gang von Kamelen.

Boten kamen und gingen, und Arbeiter wurden bestellt. Händler brachten Waren ins Haus, Ballen von Seide und Baumwolle, rotgemusterte Tuche aus Bahrein und staubzarte Gewebe, durch die das Licht zu sehen war. Belish ließ den Weitgereisten Tee und Erfrischungen reichen, tauschte Neuigkeiten aus und prüfte die Ware. Er befühlte die Stoffe, hielt sie gegen das Licht und schüttelte den Kopf. Er prüfte die Reinheit der Fasern und erkannte, ob das Garn vor oder nach dem Zwirnen gefärbt worden war. Gegen das Licht zeigte sich ihm die Gleichmäßigkeit eines Gewebes. Die Stoffe, die er kaufte und schließlich verkaufte, hatten einen milden Griff, ließen sich in der Diagonale dehnen und fielen in weichen Falten.

Nach einigen Monaten begann die Hebamme, Belishs Frau zu besuchen. An einem klaren Morgen, noch kein ganzes Jahr nach der Hochzeit, kam Belishs Frau nieder. Die Hebamme wußte, daß es zu früh war. Als sie das Kind im Arm hielt, wusch sie es eilig und hüllte es so in ein Tuch, daß auch der Kopf verdeckt wurde. Sie hielt dem stumpfen Blick von Belishs Frau stand und trug das Bündel hinaus.

Um für seinen stillen Sohn Heilung zu suchen, brachte Manours Vater ihn zu einem Schrein, der für die Wunder bekannt war, die dort vollbracht worden waren.

Er berührte die Schwelle mit Stirn und Händen, strich über sein Gesicht und das seines Sohnes und hielt dann das Kind unter der Kuppel in die Höhe, die mit den vielen Namen des Allmächtigen und seines Propheten verziert war. Die eckigen Buchstaben der Kufi-Schrift füllten das Gewölbe, um zu zeigen, daß der Vielgestaltige es mochte, wenn man ihm Namen gab.

Manours Vater zündete Kerzen an und legte Manour ein geweihtes Rosenblatt auf die Zunge, um seine Stimme zu wecken. Er rieb ihm Salz und Asche auf die Lippen, betete, und ging wieder heim.

In der Zeit nach diesem Besuch erhielt die Stille im Gärtnerhaus verschiedene Tönungen. Manours Mutter unterschied die zufriedene Stille nach dem Füttern von der flehenden Stille, wenn ihr Kind nach etwas verlangte, auf das es nur mit den Augen zeigen konnte. Es gab die heitere Stille, wenn das Kind an einem sonnigen Tag im lauen Luftzug schlafen konnte.

Es gab die stummen Fragen der Besucher, die

gekommen waren und kleine, in Honig getunkte Kuchen mitbrachten.

Es gab das wortlose Verstehen.

Und es gab das bedrückte Schweigen zwischen Manours Vater und Manours Mutter.

»In der Vorstellung ist ein Punkt kleiner als alles sonst. Er hat weder Breite noch Länge, er hat keine Ausdehnung und keine Masse und geht auch nicht in die Tiefe. Auf dem Papier aber ist die Größe des Punktes abhängig von der Breite der Feder.

Es gibt Federn aus fast jedem Material, das du dir vorstellen kannst. Die, die von großen Vögeln stammen, werden schräg zugefeilt. Einfacher ist es, ein trockenes Schilfrohr zu schneiden, etwa so dick wie dein mittlerer Finger. Es wird oben abgerundet und liegt gut in der Hand. Das Wichtigste ist aber die Spitze! Sie muß genau auf die Mitte hin zulaufen. Damit sie Tinte aufnehmen kann, wird eine Rille hineingeschnitten, so lang wie dein Fingernagel.

Die Breite der Spitze wird für jede Schrift neu bestimmt. Es gibt Federn, die gerade zugeschnitten sind, schräg geschnittene und solche, die so spitz sind, daß sie winzige Punkte und gleichmäßige Linien machen. Es gibt Federn für die Naskhi-

Schrift, andere für Kufi und wieder andere für Thulut. Für jeden Anlaß nimmt man eine andere Feder. Die aus dem Ast eines Granatapfelbaumes nimmt man für Briefe, und ein Ehevertrag wird mit einer Feder aus rotem Kupfer geschrieben.

Wenn der Punkt auf das Papier gesetzt wird, braucht er in der Vorstellung nur noch bewegt zu werden, um die Linie vor dem inneren Auge zu sehen, die die Feder ziehen wird. Dazu ist Konzentration nötig, eine ruhige Hand und die richtige Feder.«

Um seine Frau zu trösten, ließ Belish Stoffe aus Abra kommen. Dort wurden seltene, in Längsrichtung gemusterte Tücher gewebt. Die Webstühle waren dicht mit Seidengarnen bespannt, die vorher in verschiedene Farbbäder getaucht wurden und schon auf dem Webstuhl leuchteten.

Die Färbetechnik war außerordentlich kompliziert. Je öfter das Garn in verschiedene Farbbäder getaucht wurde, desto schöner und kostbarer konnte der Webstuhl aufgezogen werden.

Wurde dann mit heller, einfarbiger Seide sehr dünn gewebt, entstand ein Stoff, der leicht wie Papier war und dennoch üppig fiel.

Belish betrachtete die Stoffe in dem Licht, das durch die hölzernen, filigran durchbrochenen Fenstergitter fiel. Es zeigte geflochtene Sterne und Rosetten in den Schatten auf dem Boden und auf dem Stoff in seiner Hand, und Belish nickte.

Die ausgebreiteten Stoffe sahen aus wie die schillernden Flügel eben gestorbener Schmetterlinge. Aus dem schönsten Stoff, der ihm aus Abra gebracht wurde, jenem, der ihn am meisten an das zärtliche Schweben der Schmetterlinge in den Gärten erinnerte, ließ Belish seiner Frau ein Kleid nähen. Ein atemberaubendes Kleid.

Nach einigen Monaten begann die Hebamme wieder, bei ihr ein und aus zu gehen.

9

Als Manour laufen gelernt hatte, brachte sein Vater ihn zu einem Heilkundigen, von dem wegen seiner Erfolge gesprochen wurde. Er galt als bewandert im Besprechen von Tieren, im Deuten von Träumen und dem Mischen von aphrodisierenden Pulvern. Von ihm wurde gesagt, daß ihm ein Geist beistünde, der ihm helfe, die Koransuren zu finden, die einen Kranken heilen konnten. Und daß er den Zusammenhang zwischen dem Gang der Gestirne und dem Auftreten von Krankheiten kannte. Er konnte Kinder von ihren Alpträumen befreien, indem er ihnen einen Schildkrötenpanzer auf die Brust legte, der die Erzählung eines bösen Traumes aufnahm und mit ihr verbrannt wurde. Erwachsenen riet er, Talismane zu tragen, um sich vor unsichtbaren Mächten zu schützen. Und Lie-

bende lächelte er an und betete für ihren Schutz. Sein Laden war voll von Dosen, Flaschen und Schalen, angefüllt mit Amuletten, getrockneten Tieren, Wurzeln, blauen Steinen und Pulvern. Als Manours Vater seine Erzählung beendet hatte, schwieg der Heilkundige. Von einem Kind, das seit seiner Geburt keinen Ton von sich gegeben hatte, hatte er nie gehört. Es würde das Glaubensbekenntnis nie sprechen können. Mit einem stummen Kind mochte der Allmächtige eigenes vorhaben!

Er behandelte es mit der getrockneten Haut einer Eidechse, die so flink über die Steine gehuscht war wie die Worte über eine Zunge.

»Am Anfang setzt du einen Punkt, indem du die Feder eintauchst in die Tusche und damit das Papier berührst.

Sie wird einen rhombischen Punkt hinterlassen.

Dieser rhombische Punkt ist das Grundmaß aller Schrift.

Jede Schrift gehorcht dem Punkt. Siehst du: Ein *alif* ist der erste Buchstabe des Alphabets. Es mißt zwischen drei und zwölf Punkten in der Höhe, je nach Schrift. Aber du mußt es dir jetzt noch nicht merken, du mußt nur auf den Punkt schauen. Da: .

In früherer Zeit war die Größe des Punktes festgelegt durch die Feder, die Tomar hieß. Sie mußte genauso breit sein wie vierundzwanzig nebeneinandergelegte Eselshaare.«

Der Besuch bei dem Heilkundigen blieb nicht ohne Wirkung. Nicht, daß über Manours Zunge Worte ihren Weg gefunden hätten, flink, wie Eidechsen über die warmen Steine huschen, nein. Der in der Medizin des Propheten Bewanderte hatte Manours Vater bedeutet, daß Manours Stimme nicht schlafe und durch geheime Mittel zu wecken sei. Seine Stimme sei beim Allmächtigen geblieben, als Manour zur Welt kam, so daß dieser selbst über das Kind wachen würde. Und er hatte Manours Vater gesagt, daß ein Kind, das das Glaubensbekenntnis nicht sprechen konnte, aus der Gemeinschaft der Gläubigen ausgeschlossen bleiben würde. Er hatte hinzugefügt, daß Manours Vater dem Allmächtigen vertrauen und seinen Sohn beschützen sollte. Manours Vater bewegte die Worte des Heilkundigen in seinem Inneren und ließ sie durch seine Gedanken gleiten wie die Perlen seiner Gebetskette durch die Finger und bewahrte sie auf. Besonders, daß der Weise gesagt hatte, daß Manour eine stille Sprache finden würde. Und daß Manours Eltern ihm zuhören müßten, ganz, als habe ihr Sohn eine Stimme. Dann würde er schweigend sprechen lernen.

Ein Sohn, dessen Stimme der Allmächtige bei sich behalten hatte, ein Sohn, der ohne Laute sprechen wird, der Wille des Allmächtigen ist unerforschlich! Manours Mutter dachte oft an die Worte des Heilkundigen, von denen ihr Mann ihr berichtet hatte. Sie spürte, daß Manour der Nacht zuhörte. Und sein Blick folgte ihr wachsam.

Aber er würde nie Handel treiben können, nie zum Gebet in die Moschee gehen oder mit den Männern beim Tee sitzen. Nie Geschichten erzählen oder Geschäfte abschließen.

Gegen jede Nachrede wüde er vollkommen machtlos sein. Ohne den Zierat der Worte würde sein Leben entweder sehr arm werden, oder Manour würde zum Wesentlichen vordringen.

Nie aber würde er um eine Frau werben können! Welche Zukunft erwartete dieses Kind, das sie geboren hatte? Der Allmächtige mochte es wissen …

Es war nicht sicher, ob Nuriye überhaupt an der Métro Vavain ausstieg. Und mein Plakat war wahrscheinlich sehr schnell unlesbar geworden. Obwohl ich mir sagte, daß Nuriye es nicht gelesen haben konnte oder daß es, falls sie es gelesen hatte, nicht einfach für sie wäre, aus dem Haus zu gehen, ertappte ich mich dabei, daß ich wartete.

Ich ging häufig zum Fenster und hielt nach dem Postboten Ausschau. An einen Brief meines Onkels dachte ich dabei niemals, sondern an eine Handschrift, die ich mir klein und genau vorstellte. Außerdem ging ich früher zu Sayed und dehnte meine Einkäufe lange aus. Lernte, Rosinensorten nach Anbaugebieten zu unterscheiden, und beschriftete für ihn Kartontäfelchen mit den Preisen für Paprika und Auberginen. Mein Warten steigerte sich zur Erwartung und meine Enttäuschung zu einem Ziehen zwischen Hals und Magen.

Manchmal stand das neugierige Mädchen an dem blauen Türrahmen von Lasry.

Noch in der Erinnerung wurde der Abend, an dem Nuriye mit mir von Sayed durch die Rue Goutte d'Or gegangen war, von ihren Worten Und! Du! denkst! wie! er! zerrissen.

Manours Vater tat alles dafür, daß keine unvollkommene Blüte, kein trockenes Blatt und kein ungerader Zweig an den Rosen in Belishs Gärten zu sehen waren.

Er sammelte alles, was von den Rosen kam, und kompostierte es in besonderen Gefäßen, die aus gebranntem Ton waren und viele Löcher hatten. Die Rosensträuße aus Belishs Haus schnitt er klein und fügte sie bei. Am Ende siebte er die langsamer verrottenden Dornen aus und mischte die Rosenerde bei, wenn er neue Pflanzen setzte.

Tag für Tag schickte er frische Rosensträuße in Belishs Haus. Er suchte passende Blüten nach Farbe und Duft aus und schickte Dolden mit rosettenförmigen Blüten, kleine silbrigrosa Zwergblüten oder langstielige Edelrosen. Er schickte Rosen, die in voller Blüte standen, oder eben erst erblühte Knospen.

Eines Abends, als Manours Vater in das Gärtnerhaus zu seiner jungen Frau ging, sah er über seinen Rosen im Dunkel den Tanz phosphoreszierender Insekten.

Nach einiger Zeit schenkte Belishs Frau einem Kind das Leben.

Es war ein Mädchen, und Belish nannte sie Nuriye. Ein leuchtender Name. Eine Tochter, die Belish beschützen mußte vor allem Dunklen, vor den überall lauernden Schatten.

Jedesmal, wenn die Hebamme an der langen

Mauer von Belishs Haus entlangging, dessen gedrechselte Fenstergitter sie an niedergeschlagene Augen erinnerten, brachte sie ein anderes ihr bekanntes Mittel mit, um Belishs Frau ein hoffnungsvolles Leuchten in die Augen zu zaubern.

Siebzehn Tage nach der Geburt wurde Belishs Frau in das Dampfbad gebracht. Die Hebamme und Belishs Tante begleiteten sie. Es schien, gepriesen sei der Allbewahrende, daß die Dämmerung im Blick der jungen Frau nachließ. Sie hatte eine Tochter geboren und war gesund, sie konnte noch Söhne haben! Ihr Körper war jung. Man sah ihr die Geburt nicht an, nein, sie sah aus, als wäre sie eben nach der Brautnacht von ihren Freundinnen ins Bad begeleitet worden. Nur das Lachen fehlte, das auf die Späße der Mädchen folgte. Nein, sie war nicht mehr Braut, sie war Mutter, und sogar Belishs Tante mußte lernen zu schweigen. Wenn die junge Frau sich dem Leben zuwandte, würde sie gewiß noch Söhne haben! Aber wie sie da auf den heißen Steinbänken saß – als berührte die Wärme sie gar nicht, die sich auf den glänzenden Gesichtern der anderen Frauen spiegelte und sogar der Hebamme, die oft zu Geburten so eilig lief, daß sie keuchte, den Atem nahm! Als trüge Belishs Frau eine Kälte in sich, gegen die die Wärme des Dampfes nicht ankommen konnte.

Als auch dieses Blatt auf dem Trockengitter lag, tat meine rechte Schulter weh. Ich hatte mich nur auf die Schrift konzentriert, aber Han wäre trotzdem nicht mit mir zufrieden gewesen:

»Alle Schrift nimmt mit dem Punkt ihren Anfang.

Und die Schrift gehorcht dem Punkt. Der Punkt aber gehorcht der Feder, der Tusche, und der Atmung des Schreibers.

Ja, du hast richtig gehört. Der Atmung.

Die Hand darf nicht zittern, Manour. Und eine ruhige Hand braucht die richtige Haltung des Körpers und einen ruhigen, tiefen Atem.

Setz dich ruhig hin. Versuch, ganz ruhig zu sitzen.

Diese Übung reicht für diesmal. Aber gib acht auf deinen Rücken! Der Teufel sitzt in einem krummen Rücken!«

Es waren ihre Worte UND! DU! DENKST! WIE! ER!, die mich im Griff hatten. Sie ließen mich nicht los und schienen von mir etwas zu verlangen.

Noch am Abend suchte ich aus meinen dicken Filzstiften einen schwarzen und einen roten heraus. Ging zur Métro. Nahm die 4 bis St. Michel.

Im Schutz des Paßbildautomaten hing eine Filmwerbung. *Lauf nicht weg* schrieb ich unter www. derfilm.com, neben die abstehende Ecke des Plakats. In handtellergroßen Buchstaben, die ein bißchen schräg nach links unten liefen, weil ich so eilig geschrieben hatte. *Er hat es mir gesagt, ja. Mitgeteilt* unter Preisnachlaß, 20 Prozent, und unter Mobil, Sie auch? schrieb ich: *Wichtig ist doch nur, wie Du darüber denkst*. Und dann wurde mir bewußt, daß ich gar nicht wußte, wie Nuriye über ihre Verlobung dachte.

Nachdenklich fuhr ich zum Odéon und nach Notre-Dame-des-Champs. Zu den Haltestellen, die erreichbar nah an der Rue Stanislas lagen. *Wie denkst Du selbst darüber?* im Schatten der Fotoautomaten, *Wie denkst Du darüber?* auf den Rand der Werbeplakate an den Bahnsteigen, an den Treppen. In schwarzen Buchstaben. Die Punkte machte ich groß und rund und rot. Genau wie auf dem Bild von Monsieur Han, das sie gesehen hatte, als sie in der Galerie war.

Am Tag nachdem Manours Vater den Tanz phosphoreszierender Insekten im Dunkel verfolgt hatte, untersuchte er seine Rosen und entdeckte braune, knotige Wölbungen auf der Blattoberseite. Viele Rosen waren davon befallen.

Die kranken Pflanzen grub er aus und setzte sie in ein gesondertes Beet neben dem Gärtnerhaus, um sie zu beobachten. Nach einigen Tagen waren die Blätter über und über mit den braunen Knoten bedeckt, und Manours Vater beschloß, die Pflanzen zu verbrennen.

Das Feuer, das er entfachte, lockte den alten Han an.

Reglos sah er zu, wie Manours Vater die Rosen zerschnitt und ins Feuer warf, wie die grünen Äste rauchten und qualmten, wie ein dichter grauer Rauchfaden über die Mauer zog. Und obwohl er sonst nicht viel mit Menschen sprach, erzählte er Manours Vater von den Vögeln. Daß sie immer den Wind suchten. Bei Nordwind, der niedrig kam, flogen auch sie niedriger als sonst. Und daß sie da, wo die Berge sich zur Ebene öffneten, ohne Flügelschlagen kreisten, weil die Luft in Strudeln und Wirbeln von der Höhe fiele. Er erzählte von den Zeichen, die sie an den Himmel schrieben, Zeichen, aus denen das Wetter und manches andere Schicksal zu lesen waren. Ob sie heilig waren, weil sie an den Himmel schreiben durften?

Er erzählte von ihren Stimmen, die wie silbrige Fäden durcheinanderklangen. Und davon, daß ihre scharfen Augen von ganz weit oben ihre Nahrung entdeckten. Daß sie die kleinsten Raupen, Würmer,

Larven und Spinnen auf der Erde sehen konnten, wenn sie in großer Höhe flogen! Manours Vater dachte an die Larven der Rosenwickler und an den Tanz phosphoreszierender Insekten im Dunkeln. An ihr leuchtend-durchscheinendes Grün, das er beobachtet hatte.

Manours Vater dachte auch daran, daß er alt war und nicht viel zu verlieren hatte. Und daß er seine Rosen liebte.

So kam es, daß unter den Rosen, die er Belish am darauffolgenden Tag bringen ließ, eine war, an der ein Blatt winzige braune Knoten auf der Oberseite hatte.

»Nun? Du sitzt gerade ... das ist gut! Weißt du noch, wie das *alif* aussieht? Genau: wie ein Stamm ... sieh hier die Rose, die dein Vater gepflanzt hat. Ihr Stamm ist unten breiter und wird oben schmaler. Man kann sagen, das *alif* sei die Wurzel aller Buchstaben, der erste Buchstabe des Alphabets. Nach der Legende war zuerst das *alif*. Als der Allmächtige die Engel nach Art und Anzahl der Buchstaben schuf, damit sie ihn loben sollten, da war es das *alif*, das sich als erstes vor ihm niederwarf, und so ist es bis heute der erste Buchstabe geblieben. Es gibt noch ein kurzes A, das *fatha*, das sieht so aus, siehst du?

Wie eine liegende, gedrehte Wurzel vielleicht. Es gibt drei lange Vokale, und drei kurze Vokale, a, u, i. Es gibt 32 Buchstaben. Ja, das sind viele, Manour. Wir werden alle lernen, wir haben viel Zeit. Du wirst Geduld brauchen. Hier, nimm meinen Stock, und schreib ein *alif* in den Sand. Und noch eines: Gerade sitzen, Manour! Der Teufel spuckt dich im Schlaf an, wenn du ihn nicht am Tage vertreibst, hörst du? Merk es dir gut: Der Punkt gehorcht dem Körper des Schreibers, seinem Atem, seinem Gefühl, seinem Glauben und seiner Hingabe.

Denn aus Punkten werden Linien, und aus Linien Worte, aus Worten entstehen Gedanken und aus Gedanken Taten!«

Noch am selben Tag, an dem Manours Vater Belish die Rosen hatte bringen lassen, von denen eine auf der Oberseite eines Blattes winzige braune Knoten aufwies, ließ Belish ihn zu sich rufen.

In den darauffolgenden Wochen wurden Volieren gebaut, und Vogelhändler kamen mit kleinen Käfigen, die gegen die Sonne mit Tüchern geschützt waren. Außerdem wurde den Frauen der Zutritt zum inneren Garten verboten.

Belish sann lange über den Plan für einen offenen

Pavillon nach. Er sollte wie eine Krone aussehen, und nur die Kuppelspitze würde den inneren Garten überragen und im äußeren Garten zu sehen sein. Dann bestellte er Arbeiter, Schmiede, Schlosser und im mühsamen Ausführen von durchbrochenen Holzgittern erfahrene Drechsler. Außerdem ließ er Intarsieneinleger kommen und Glasbläser.

In den heißen Wochen nach der Verwüstung des inneren Gartens zeigte Manours Vater seinem Sohn, wie er neue Rosen züchtete. Wie sie gepflanzt und gebunden, gepfropft und geschnitten werden mußten.

Es sollten besondere Blüten werden, Blüten, in denen er seinen Traum von Rosen wahr machen wollte, Rosen, wie sie noch nie ein Mensch gesehen hatte. Rosen wie Juwelen, Rosen, die wie Liebe duften sollten und brennen wie ein Wunsch.

10

Manours Vater ließ es nicht dabei bewenden, neue Rosen zu züchten. Er ließ die Wege mit Ziegeln begrenzen und mit weißen Kieseln bestreuen. Auch der Bau des Pavillons ging voran. Auf den achteckigen steinernen Sockel wurde ein hölzerner Rahmen gesetzt, dessen Säulen innen mit Intarsien ausgelegt waren. Darauf saß eine Kuppel, deren Mitte offen war und von einem winzigen, turmartigen Überbau geschützt werden sollte. Wie angenehm der Schatten sein würde ... Belish betrachtete die Beete, an denen Manours Vater Asche aus dem Badehaus mit Wasser mischte. Mit dieser Mischung begoß er die Wurzeln der Granatapfelbäume, um sie zum reicheren Tragen von Früchten zu bringen. Belish beobachtete ihn.

Wenn diese Rosen blühten, würden Belishs Gärten

berühmt werden. Kein Mann konnte den inneren Garten zu sehen bekommen, aber die Gerüchte würden durch die ungepflasterten Gassen huschen, die trottenden Esel überholen, durch die hölzernen Fenstergitter schlüpfen, zwischen Tee und Süßigkeiten auf den Tabletts serviert werden ... Vermutungen würden von Schleier zu Schleier geflüstert und Hoffnungen ausgetauscht werden.

Gerüchte und Staub dringen überall hin!

»Jetzt, da die Rose ... schreib, Manour! Jetzt, da die Rose aus dem Nichts ins Dasein tritt ... was schaust du? Das ist von Hafis ... es wird Zeit, daß du die Gedichte kennenlernst! Hafis ... Mohammed Schemsed-din Hafis aus Schiras. Er hat vor vielen hundert Jahren gelebt. Heute weiß niemand mehr viel von ihm ... er soll bei einem Teigmacher in die Lehre gegangen sein. Da mag er so alt gewesen sein wie du jetzt. Er hat Mehlsäcke geschleppt und das Mehl in die großen Siebe geschüttet. Er hat das Feuer geschürt und Wasser gekocht, Manour. Und währenddessen sind ihm Gedichte eingefallen, aber niemand wollte sie hören. Da war ein Tuchhändler, *so wie Belish. Stell ihn dir ruhig wie Belish vor!* Dem Tuchhändler haben die Gedichte gefallen, und so nahm er Hafis zu sich und ließ ihn lernen. Sogar Arabisch lernte er, und er las die Worte des Propheten. Und viele Jahre später nahm der Tuchhändler ihn mit auf eine Pilgerfahrt zum Grab eines Heiligen. Dort, es muß im Morgengrauen gewesen sein, erschien ihm der Schwiegersohn des Propheten und gab ihm Brot… Laß mich überlegen:

Jüngst in eines Morgens Dämmer
ward ich meines Grams entbunden,
Ließ man mir im nächt'gen Dunkel
helles Lebenswasser munden …

Das mußt du noch nicht verstehen, Manour. Aber den Vers mit der Rose, den verstehst du doch! Sieh dich nur um… Und dann schreib: Jetzt, da die Rose… Schreib! Ein andermal erzähle ich dir mehr über Hafis!«

Zweimal im Jahr wurden die weitverstreuten Schafherden zusammengetrieben und geschoren. Zwei Männer packten die Schafe bei den Vorderhufen, und einer schor mit der Klinge die Wolle der blökenden Tiere. Das Vlies wurde auf Esel verladen. Wege führten von Tränke zu Stall und von Dorf zu Dorf. In den Dörfern wurde die Wolle ausgelesen, gewaschen, gekämmt und versponnen.

Viele Tagesritte weiter östlich wurden Raupen mit Blättern gefüttert, wuchsen und häuteten sich. Wenn sie fingerlang waren, begannen sie, sich einzuspinnen, zogen mit achtförmigen Kopfbewegungen eine dichte Hülle um sich. Dann lagen sie reglos, bis Falter den Kokon durchbrachen. Sie wurden in heißem Wasser abgetötet und der Leim, der die Rohseide verklebt hielt, wurde aufgeweicht. Dabei machten sie ein Geräusch, als ob Muschelschalen aufgebrochen würden.

Die Spulen hatten die Farbe von dünnem Tee.

Garn wurde gezwirnt und in Färbereien eingeweicht, erhitzt, abgekühlt und mit Pigmenten übergossen, erwärmt, gerührt, ausgespült und getrocknet. In Webereien entstanden dichte Wollstoffe oder spinnwebdünne Seidengewebe.

Für Belish hatte die Zeit die Beschaffenheit von Stoffen. Sie hatte einen milden Griff, ließ sich in der Diagonale dehnen und fiel in weichen Falten.

Genau 37 680 Meter gewebter Wolle, 14 560 Meter Seide und 34 000 Meter leichter Baumwolle nach dem Tod seiner Frau kamen die Brautwerber zu Belish.

Viele Menschen kamen in Belishs äußeren Garten, um mit ihren Familien einen Ausflug zu machen, zu picknicken oder um den Brunnen zu bestaunen. In kleinen Gruppen saßen sie um die Bänke.

Wie Vogelschwärme, dachte der alte Han, von denen am Rand einige Vögel unruhig werden, hin und her trippeln, probeweise aufflattern, sich wieder niederlassen und das Gefieder mit den Schnäbeln absuchen. Oder wie die Felsentauben mit ihrem Kichern und Gurren. Vögel sind die kleinen Brüder der Engel.

War nicht gesagt worden, daß Engel oder Vögel die Zweige des Baumes bedecken, an dem nicht vorbeigegangen werden darf? Engel sind erhabene Vögel, die zum Barmherzigen fliegen können, mitten durch alle Himmel hindurch. Vielleicht sehen Engel aus wie Störche oder wie Fledermäuse mit den Leibern junger Frauen ... Engel sehen für Männer aus wie Frauen mit Flügeln, und für Frauen sehen sie aus wie Kinder mit Flügeln. Das ist, weil Menschen ihre Wünsche sehen statt des Wahren.

Die Menschen wissen nicht, daß ihr Leben ein Traum ist, ein Tanz auf den Gesang des Allgütigen, den er, der alte Han, manchmal meinte hören zu können. Und Manour würde es auch können, er war sich sicher. Der Stumme war geboren, um sich hinzugeben. Dazu brachte er ihm seit Jahren die Buchstaben bei, er sollte die heiligen Schriften lesen können. Und er sollte schreiben, Buchstaben, die wie Lanzen geformt waren, wenn er angegriffen wurde, und welche wie Vogelflug, wenn er träumte. Gleichmütige, feste Buchstaben, wenn er ruhig war, und wie Feuer flackernde, wenn er liebte!

Da alles vorherbestimmt und festgelegt war, brachte der Bräutigam das Brautgeld für Belishs Tochter.

Er trat über die Schwelle, stellte die Schuhe ab und wurde in die inneren Räume geführt. Nuriye bekam er nicht zu sehen, aber das Reden, Summen und Flüstern im Haus war einladend, ihr Rang war bekannt, und die Bildung ihres Vaters drückte sich in seinen Gärten aus.

Er betrachtete Belishs Sammlung von Lackmalereien, die Jagdszenen darstellten, bekam Tee mit Süßigkeiten angeboten, und Belish sprach mit ihm. Etwa über den Wind, der seit Wochen von der Wüste herkam. Über die Vögel in seinen Gärten. Und über die jüngste Lieferung von Stoffen aus Kufa, die honigfarben und mit goldgestickten Säumen waren.

Wenn Belish sprach, wurden seine Hände unruhig.

Sie schienen Stoffbahnen glattzustreichen. Die Finger zogen imaginäre Fäden auseinander und rieben sie prüfend zwischen Daumen und Zeigefinger. Entscheidungen dehnte er zwischen Handballen und Fingerkuppen.

Aber Sicherheit, Glück und Wohlergehen waren Nuriye und ihrer künftigen Ehe vorausgesagt worden. So wurde der Ehevertrag, wie es Brauch war, zwischen Belish und dem Bräutigam geschlossen, und Nuriyes Verlobungszeit begann.

Nuriye hatte geschwiegen, als Belishs Tante ihr von ihrem Bräutigam erzählte. Von seinem Haus mit den Innenhöfen, den kleinen Gärten. Von seinem Handel mit Parfum, das in kleinen Flaschen und braungläsernen Flakons verkauft wurde. Von den Blumenzüchtern, die ihn belieferten und ihm die seltenen Blüten brachten, aus denen er Düfte destillieren ließ. Und den Händlern, die ihn mit Safran, Weihrauch und Zibet belieferten. »Stell dir die Düfte im Haus vor, Täubchen! Düfte wie Träume, ach was, wie die Liebe selbst!« Und sein Wissen um die Wirkung der vielen hundert Essenzen, welche gegen Insekten, welche gegen Krankheiten, welche gegen Kinderlosigkeit oder nachlassende Liebe verkauft wurden.

»Wie er jeden einzelnen Duft beschreiben kann! Bei jeder Essenz weiß er, ob sie süß oder nach Honig, würzig, sinnlich oder stark nach Ambra riecht.« Wie mußte er zu reden verstehen! »Und was für ein Leben, Perlchen, Nuriye, wirst du an seiner Seite haben!« Anders als das ruhige Leben in Belishs Haus!

Nuriye hatte zu den blumigen Erzählungen geschwiegen, die ihr eine blütenreiche und duftende Zukunft ausmalten. Schon oft hatte man ihr von den Brautwerbern erzählt, die ins Haus gekommen waren, und davon, wer sie geschickt hatte.

So kam es, daß ihr eines Tages ein Wandbehang gebracht wurde, ein Geschenk ihres Bräutigams. Es war eine Stickerei, die Pflanzen in einem stilisierten Garten darstellte. In der Mitte waren Medaillons mit Blütenstauden, und die Randborte war broschiert.

In dieser Zeit fand Manour keinen Schlaf.

Er lauschte in die Dunkelheit, wie er es als Kind getan hatte. Die Nacht war angefüllt mit Geräuschen: dem kaum hörbaren Krabbeln der Käfer und dem Pochen des eigenen Herzens. Immer wieder schoben sich Bilder zwischen ihn und den Schlaf. Manour hörte das leise Schaben des Staubes, den der Wind aus der Wüste mitgebracht hatte, auf dem Dach und verstand auf einmal, daß die Wüste über die eigene Unfruchtbarkeit weinte.

Wenn tagsüber das Schreien der Esel von der Gasse zu hören war, kündigten die Rufe der Kinder an, daß gleich das dumpfe Pochen des Türklopfers durch den Hof klingen würde. Die Kinder sahen immer als erste die Händler, die kamen, um Belish Stoffe zu liefern! In der letzten Zeit waren oft andere Dinge gebracht worden. Hausrat. Sandelholzfarbene Teppiche und Kannen aus Messing.

Für Nuriye war ein Verlobter ausgewählt worden.

Sicherheit, Glück und Wohlergehen waren Nuriyes Ehe vorausgesagt worden, und eines Tages wurde ihr das Geschenk ihres Bräutigams gebracht. Nuriye betrachtete die gestickten Blütenstauden. Es waren Blüten, wie sie im Garten standen, da, wo die Wege von weißen Kieseln bedeckt waren. Sie hörte kaum auf die Stimme von Belishs Tante: »Bedenk doch, mein Täubchen, niemand kann seinen Düften widerstehen, deshalb ist er reich! Karawanen von Blumenzüchtern kommen von überall her. Sie bringen ihm seltene Blüten! Wenn im Sommer die Blumenpflücksaison beginnt, gehen die ganzen Familien aufs Feld, um Blu-

men zu ernten, bevor durch die Sonne zuviel von ihrem Duft verlorengeht. Sie beginnen morgens, frühmorgens, ehe der Tag anbricht. Und alle die Blüten werden zu ihm gebracht, damit er daraus die Essenzen destilliert! Er erhitzt sie dann mit Dampf, es dauert Stunden, bis er das Öl erhält. Von alldem, dem Warten und Nachsinnen und den Düften, die ihm dabei in die Nase steigen, ist er ein Dichter geworden! Er weiß, wie sie auf Körper und Seele wirken, weiß, daß sie die Gedanken beleben, die Gebete erhöhen, die Liebe vertiefen oder wachrufen können. Niemand kann seinen Worten widerstehen! Und Worte sind die Nahrung der Liebe, oder nicht?«

»Nicht so groß! Und die Tinte darf nicht verlaufen! Ein Punkt ist klein wie ein Sandkorn in der Wüste. Was soll ich dir sagen, du kennst die Wüste nicht – du denkst, sie wäre leer, nur Sand, nicht wahr? Dabei wächst so viel in der Wüste! Nur nicht so, wie du denkst. Sieh dich um: Hier wachsen die Rosen, die ihr gepflanzt habt, dein Vater und du. Hier wächst Sichtbares.

Dort, wo niemals Gras wächst, gibt es nichts zu sehen.

Deshalb wächst dort Glauben. Aber auch Zauber.

Die Wüste weckt keine Bilder. Sie macht müde, aber schenkt keine Träume. Sie zeigt Sand und Himmel und will, daß nichts zu sehen ist. Die Wüste ist mächtig, Manour. Sie kann verbieten – und sie kann töten. Bilder verbietet sie. Sie schluckt alle. Manchmal zeigt sie dir Bilder, aber dann glaub ihr nicht.

Der Durst trocknet in der Wüste alles ein. Ich habe einen Fuchs gesehen, der vertrocknet war. Er war sehr klein geworden. So geht es auch den Bildern. Sie vertrocknen in deinem Auge und werden klein. Die Wüste trocknet die Bilder ein, die Hoffnungen und die Gedanken. Von den Bildern bleiben Miniaturen. *Miniaturen wie die, die Belish dir gezeigt hat.* Von den Gedanken bleibt die Ehrfurcht vor der Stille. Und die ist sehr groß, Manour.

Von den Hoffnungen bleibt nichts. Nicht mal Asche.

Nichts zu sehen und nichts zu hören heißt, das Gefühl für die Zeit zu verlieren, für das Verstreichen von Zeit. Du kannst den Stand der Sonne an keinem Baum messen. Die Wüste trocknet die Zeit ein, Manour. Aber was erzähle ich dir … Schreib!«

11

Ich weiß nicht, ob ich nach meinen Botschaften auf eine Antwort gehofft habe. Ich wußte nicht einmal, ob sie meine Nachrichten überhaupt gelesen hatte. Aber wenn Nuriye sie sah, würde sie die roten Punkte sehen und verstehen.

Tagsüber schrieb ich konzentriert, und einige Male vergaß ich, nach dem Postboten Ausschau zu halten. Manchmal ließ sogar das Ziehen zwischen Hals und Magen nach. Bis ich eine Karte bekam:

Métro St. Michel, Freitag um 16 Uhr. Ausgang zum Quai. Oben, am Licht.

Ohne Namen, ohne Absender. Nur war darunter ein Punkt. Ein roter.

Die Arbeit im Garten zehrte an Manours Vater.

An manchen Tagen schmerzte es ihn, sich zu bücken. Seine Hände hatten, wenn er abends heimging, noch die Form, mit denen sie tagsüber den Schaufelstiel gefaßt hatten. Die Wassereimer wurden ihm schwer. Und ohne daß er es wollte, suchte sein Blick manchmal die Weite. Ihm war dann, als ob er wieder Kind war und sah, wie seine Mutter Holzstücke aneinanderrieb, um Feuer zu machen. Oder es fiel ihm beim Jäten ein, wie er das Gefäß mit heißem Eintopf in die Weberei brachte und zuschaute, wie sein Vater zuerst die Suppe austrank, bevor er langsam ein Stück Brot in den Bodensatz aus Bohnen und Fleisch tauchte. Und diese Erinnerung war derart deutlich, daß es ihn wunderte, warum der Eintopf nach Rosen roch.

Obwohl er nie darüber sprach, war er sich sicher, daß er nicht sterben würde. Und wenn doch, dann nicht, solange seine Frau jung war, nicht, bevor sein Sohn geheiratet haben würde. Der Tod würde zu ihm kommen wie seine Mutter, wenn sie ihm seine Kleider ausgezogen hatte.

Wenn man wartet, dachte ich, als ich den Bogen zum Trocknen legte, ist es ganz schön lang bis Freitag.

Nie war Manours Vater in den Sinn gekommen, daß das Sterben ihn umkreiste, so langsam, daß es anfangs nicht zu erkennen war. Erst nachdem er im Garten gefallen war und nicht mehr aufstehen konnte, erkannte er in seinen stetig wiederkehrenden Erinnerungen leise und sehr vertraute Fragen des Todes.

Er hatte nicht verstanden und doch unwillkürlich mit Nein geantwortet. Aber wenn die Absicht ernst ist, wird eine Frage nicht wiederholt. Es folgt eine Aufforderung. Und auch der war er nicht gefolgt, nicht ganz. Er sah, wie er zusammengekauert auf dem Boden lag, hörte seine Frau schreien, wollte den Arm heben, wollte etwas sagen. Gleichzeitig hatte er damit nichts zu tun; er ragte nicht mehr hinein in das, was geschah. Er war wach, aber sein Körper gehorchte ihm nicht mehr. Es war, als sei etwas zerrissen, was ihn mit sich verband.

Er sah sich selbst unter einer Decke, sein Gesicht, das hängende Augenlid, den offenen Mund.

Aber er konnte weiter sehen, bis in den Garten.

Sehen, wie sein Sohn Erde siebte und aus einem Eimer Wasser in ein Pflanzloch schüttete.

Natürlich war ich am Freitag an der Métro St. Michel. Das Metallgitter, das das Trottoir von der Straße abgrenzte, drückte in meinen Rücken. Vor mir geparkte Motorroller, rechts ein Briefkasten, daneben die Taxirufsäule. Die vergitterte Wasserrinne am Boden zog den Blick zur Treppe. An der Rückseite des Aufgangs standen Telefonzellen aus Glas, in der mittleren telefonierte eine Frau, von der nur der Pferdeschwanz zu sehen war. Sie blätterte immer wieder nach einer Nummer. Ein Mann hielt ihr eine Münze hin, sie schüttelte den Kopf. Eine Frau kam die Treppe hoch, holte im Gehen eine Wasserflasche aus der Handtasche und trank. Holte ein Stück Papier aus der Tasche und schrieb, indem sie das Bein anwinkelte, auf dem Oberschenkel. Sie blieb stehen, auch als eine Gruppe von Menschen die Treppe hochkam und sich um sie drängte. Und während ich überlegte, was die Fremde schrieb, sah ich Nuriye.

Sie kam die Treppe hoch, den Kopf gesenkt. Nur ihre Augen waren eilig, rechts und links.

Ehe sie an mir vorüberging.

Sie mußte mich gesehen haben, ich war der einzige, der hier am Gitter lehnte, in der prallen Sonne. Sie mußte mich gesehen haben.

Aber sie ging an mir vorüber und überquerte den Quai, als die Ampel auf Grün umsprang. Ihre Schritte waren ruhig und anmutig. Ich folgte ihr ohne eine Idee davon, was sie tat oder was ich tun sollte. Ich wußte nur: Sie war gekommen, und ich folgte ihr. Über die Brücke, sie überquerte den Marché neuf. Vorbei an Berthillon, dann schien sich etwas an ihren Schultern zu entspannen. Sie sah nicht auf, sie hätte in den Schaufenstern der Weinhandlung, des Kostümverleihs, des Fotoladens erkennen können, daß ich ihr folgte. Auf der Höhe von St. Chapelle wechselte sie die Straßenseite, ein Skater kam, dann ging ich ihr nach bis zur Brücke. Am Fuß der Brücke stand einer weit über die Brüstung gebeugt. Er hielt Farbkarten gegen das Wasser, verglich die Farbtöne mit dem Fluß und sagte dann die Namen der Farben laut vor sich hin. Als ich vorbeikam, war er bei »Aquamarin hell«. Auf dem Wasser trieb ein orangefarbener Luftballon, weiter hinten lag ein schiefer Lastkahn. Zwei Männer, die zwei Frauen fotografierten. Beinah gleichzeitig lösten die Frauen ihre Arme von der

Brüstung. Und eine Frau, die ihr Handy ans Ohr hielt und Sisisi sagte, es dann armlang von sich weghielt und laut rief:

Non! Ein Verkäufer, Wasserflaschen in einem Eimer zu seinen Füßen. Eine junge Frau mit nacktem Bauch, und ein paar Schritte vor mir ein verhüllter Rücken.

An der Kreuzung bog Nuriye nach links ab. Hier war es belebter, und ich fürchtete kurz, sie zwischen den Ständen mit Postkarten und Schüttelkugeln, Eiffeltürmen im Schnee und den vielen Entgegenkommenden aus den Augen zu verlieren. Sie ging, ohne daß sie mich angesehen hatte. Doch sie ging nicht den Fluß entlang. Die andere Straßenseite lag in der Sonne und war beinah menschenleer. Da war ich mir auf einmal sicher, daß sie wollte, daß ich ihr folgte. Vorbei an den Blumengeschäften, an dem Vogelverkäufer, der die Volieren in der Nachmittagshitze abdeckte, immer noch war ihr entschlossener Rücken vor mir. Sie ging sehr schnell jetzt. Überquerte die Straße, fast hätte ein Auto uns getrennt. Als wir die Kaufhäuser erreichten, wurde ihr Gang langsamer und unsicherer. Sie ging weiter nach rechts, als ob sie den Schatten der Häuser suchte. Zögerte. Gerade, als ich mich fragte, ob sie stehenbleiben würde, ging sie plötzlich entschlossen auf den Eingang von Sammaritaine zu. Drückte mit der Schulter die Glastür auf, ging geradeaus an der Schmuckauslage vorbei, ohne den Blick zu heben.

Und dann ging sie langsam zu den Rolltreppen.

Sie führte mich in den fünften Stock, durch die Abteilung mit Büchern, Bastelsachen und Heften, führte mich um die Ecke zu den Ständern mit Papierbogen. Und setzte mich unversehens ab, indem sie auf die Damentoilette zuging.

Es gab in den Regalen kleine und große Blöcke, Skizzenblöcke, Aquarellpapier. Stempelsets, Siegel und Siegelwachs in verschiedenen Farben. Chinesische Tinte in Porzellanfäßchen, Sonderangebot. Trockene Tinte in Steinen. Parfümierte Tinte, Erdbeergeruch sogar in Blau. Besonders gefiel mir, daß vor den Tintenfläschchen ein Schild stand: Bitte nicht öffnen, und daß trotzdem auf dem Schild Schlaufen und Kringel und Zacken in verschiedenen Farben ausprobiert worden waren. Federn aus verschiedenem Material und schöne Federhalter, ich nahm eine in die Hand. Dann entschloß ich mich, ein kleines Blöckchen mit orangefarbenem

Deckel zu kaufen. Falls Nuriye aus der Toilette käme und mir erklären würde, endlich erklären, was mit uns geschah.

An der Kasse gab es Seife in Obstform, eine kleine Tüte für meinen Block und einen Schatten, der sich in meinem Augenwinkel bewegte. Als ich mich umdrehte, war sie es wirklich. Ihre Tüte war groß, und sie trug keinen Schleier mehr.

»Schau mich nicht so an«, sagte sie, während sie mit mir zum Fenster ging.

Meine Augen fühlten sich aber wohl bei ihr, in ihrem Gesicht, ihren Haaren, und wollten sich nicht so wegschicken lassen. Wollten bei ihr bleiben, während sie hinunterschaute auf die Türmchen und Bogen und Streben an der Rückseite der Kirche.

»Los, gehen wir«, sie sah sich um. Die Schulkinder an der Kasse konnten uns nicht kennen, und hinter den Tischen mit neuen Büchern gab es das Café. Es gab Platz auf hohen Stühlen vor grünen Tischquadraten. Es gab violette Tischsets aus Papier, Tee und ihr Lachen, als sie an die Tasse stieß. Und es gab später einen Block, auf den ich geschrieben habe und den ich vor Glück nie jemandem zeigen werde.

12

Han, ich habe geträumt:

Auf dem Boden im Garten lagen Bogen von Papier, Doppelbogen von faserigem, transparentem Papier. Es waren Worte darauf, und ich wußte plötzlich, daß ich sie geschrieben hatte.

Da heben sich die Bogen, nicht wie vom Wind, sondern weicher. Sie schweben dicht über dem Boden, dann höher, über die Beete. Ich erkenne, daß es Schmetterlinge sind. Habe ich auf Schmetterlinge geschrieben? Sie fliegen noch höher und werden dabei durchsichtig. Die Schrift ist auf ihren Flügeln beweglich geworden.

Nach und nach lösen sich die einzelnen Buchstaben, sie werden schwerer und sinken. Langsam fallen sie in den Garten. Der ganze Garten ist vollgeschrie-

ben, da sehe ich, daß es ein Brief ist. Ich kann mich aber nicht daran erinnern, was ich geschrieben habe. Im Garten liegt eine Frau und liest die Schrift, sie sieht erst verwirrt aus, dann lacht sie. Sie legt dabei den Kopf in den Nacken, ihr Hals streckt sich, sie liegt wie eine sich wölbende Brücke im Gras. In ihrem Gesicht ist noch eine Linie, ich fahre sie mit dem Zeigefinger nach bis in den Mundwinkel, an den Rand ihres Lachens. Da lache ich auch, mein Lachen fällt in ihres, ich merke, wie ich falle. Ich suche nach Halt, greife in ihren Atem und spüre ihre Zunge. Sie hält mich nicht, sie fällt mit mir.

In der Dämmerung fielen die Buchstaben über mich her. Die dünneren Enden der Linien begannen zu schwanken, sich zu bewegen. Eigentlich waren es Schlangen, die sich vom Grund abhoben, sich aus dem Papier schälten, träge und langsam, bis sie kriechen konnten. Sie bewegten sich auf mich zu, schlangen sich behende um meine aufgestützten Ellenbogen, schoben ihre Leiber an meinen Unterarmen hoch. Wanden sich um meine Hände und ließen sich in meine aufgerollten Ärmel fallen. In der Armbeuge glitten mehrere übereinander, verknäulten sich, verbissen sich ineinander. Einige fanden den Weg zu meinen Oberarmen, unter meine Achseln, rechts kroch eine über meine Schulter. Sie waren leicht und trocken, ihr Gleiten kitzelte auf meiner Haut, und ich schüttelte mich. Da war der Traum vorbei.

13

Es waren lange Tage – genaugenommen begann das Ende damit, daß die Tinte, die ich gekocht hatte, allmählich dickflüssiger wurde. Ich überlegte, ob ich sie noch mal mit Wasser aufkochen sollte, aber das hätte den Farbton sicher verändert. Ich konnte auch nicht einfach mitten im Text mit anderer Tinte weiterschreiben. Es begann damit, daß der Bogen des *alif* nicht lang und rund wurde wie ein Tal zwischen zwei Wellen, sondern kürzer und zackig. So, als ob ich gewackelt hätte. Ich hob das Blatt an die Augen und sah, daß meine Hand tatsächlich nicht ruhig gewesen war.

Ich mußte das von neuem schreiben. Aber meine Gedanken waren nicht bei der Sache. Ich nahm das

Bild noch mal vor, zu dem der Text passen sollte. Es war eine der weniger schönen Miniaturen, weil die Figuren darauf fast fehlten. Unten lief über die ganze Breite des Blattes die Gasse mit den winzigen Eseln und Schafen. Dahinter kam die Gartenmauer, der Garten. Der wunderbare Garten, der mich nach all dem Anschauen immer noch erstaunen konnte. Da, wo sich die Wege kreuzten, lief der junge Mann. Er hatte ein Tuch um den Kopf geschlungen, der Oberkörper war nackt. Er trug einen Eimer in der Rechten, aus dem er mit der Linken Erde an die Wurzel einer Pflanze schüttete.

Der Himmel dahinter war höher als auf den anderen Bildern. Dennoch waren weder Wolken noch Vögel zu sehen. Die Leere und Bewegungslosigkeit des Bildes ging aber von der rechten Seite des Vordergrundes aus. Von dem Haus.

Es war nicht offen gezeichnet wie auf den anderen Bildern, so daß man von oben hätte in die Räume sehen können, sondern von vorn und wie in eine Kulisse. Es hatte Gitter vor den Fenstern. Es hat geschlossene Augen, dachte ich. Oder nein, es sieht nicht nach einem Haus aus und auch nicht wie ein Mensch mit geschlossenen Augen. Es war flach wie ein Wandschirm, über dem sich ein weiter, leerer Himmel wölbte. Und auf dessen anderer Seite im Garten ein Mann stand. Der Gärtner. Ich.

Hinter dem Gitter war Nuriye, ich war mir sicher.

Da nahm ich doch wieder einen der blauen, nach Kaffee riechenden Bogen und schrieb mit zäherer Tinte.

Es mußten für sie lange Tage im Haus sein, wenn Ausgehen und das Empfangen von Gästen verboten waren!

In einem Zimmer warfen die hölzernen Fenstergitter geflochtene Sterne aus Licht in den Schatten auf dem kühlen Steinboden, Inseln im Meer der ineinanderfließenden Tage.

Wenn man ganz nahe an das Gitter herantrat, gaben die Muster im Holz sternförmige Ausschnitte des Gartens preis.

Draußen war das Licht blendend hell, das Auge hatte sich an das Dunkel der Räume gewöhnt und zog sich schmerzhaft zusammen. Die Kieselsteine auf den Gartenwegen leuchteten weiß, sie sammelten die Helligkeit des Tages in sich.

Auf ihnen waren Schritte weithin zu hören.

Der ganze Körper gehorchte auf einmal dem Blick,

der Rücken wurde gebeugt, die Stirn an warmes Holz gedrückt, um besser zu sehen. Das Holz roch nach Sonne, ein würziger, leicht bitterer Geruch.

Die Schritte kamen näher, noch war nichts zu sehen, auch beim Blinzeln nicht. In das Geräusch der Schritte mischte sich der Herzschlag, einen Augenblick lang waren Beine zu sehen, rechts davon ein Eimer, Arme, das Geräusch von Metall auf Steinen, von ausgegossenem Wasser. Dann entfernten sich die Schritte wieder.

Die Augen taten weh. Wenn man die Lider halb schloß, verdeckten die eigenen Wimpern das Licht halb, der Wimpernschatten schmiegte sich in den Schatten der Gitter.

Die Schritte kamen wieder, näher diesmal und langsamer als der Herzschlag, noch näher, der helle Stern zeigte Beine, einen Eimer, und dann eine ganze, gebeugte Gestalt.

Das Pochen im Innern war laut, es verließ den sicheren Ort und wagte sich vor, bis in den Hals, und weiter, bis in die Stirn, dicht am warmen Holz.

Die Gestalt vor dem Haus richtete sich auf, drehte sich um.

Die Schatten der Wimpern streichelten den Rükken, fuhren zärtlich über ihn hinweg, liebkosten die

Haare. Der Blick wäre gern dem sich entfernenden Rücken gefolgt, hätte sich einen Wimpernschlag lang an ihn angelehnt, und sah plötzlich nur Holz. Die Gestalt war im Holz verschwunden, der Stern war hell und leer.

Aber das Herz klopfte noch im Innern, bis hinauf in den Hals, in die Stirn. Das Pochen hätte das Holz wegklopfen mögen. Es klang wie das Pochen der Holzwürmer, sie klopften im hölzernen Gitter, bis es zu Staub zerfiel.

Das ging ganz langsam.

»Die Wüste ist mächtig, Manour.«

Schon nach dem ersten Satz sah ich, daß sich meine Schrift entspannte. Es waren winzige Änderungen, aber ich konnte sehen, daß das Schreiben über meinen Lehrer und seine Erzählungen mich beruhigte.

»Einmal hat sie mich das spüren lassen.

Da war ich oft unterwegs gewesen und sagte mir, Han, du kennst die Wüste ... Aber ich wußte nicht, daß sie jeden genau beobachtet. Hör zu. Es ist lange her, ich war noch jung, als ich das Wunder gesehen habe. Ich war unterwegs, viele Tagritte von allem entfernt. Am Abend kochte ich Tee. Das Wasser war warm vom Tag und vom Eselsrücken, der Tee schmeckt nach Leder. Die Nächte sind kalt in der Wüste, und der Abend war mir vertraut wie mein Umhang. Aber es war ein Abend, an dem man mit dem Finger zwischen Hals und Stoff fährt, um besser Luft zu bekommen. Es ist unerklärlich: Es ist nichts zu sehen und zu hören, aber ich weiß noch, daß ich mich umsah, als ob ich beobachtet würde. Es war nichts, nur das Gefühl, nicht allein zu sein. Heute weiß ich: Die Wüste beobachtete mich. Sie las in meinem Herzen. Und da entdeckte sie, daß ich glaubte, das Wandern zu kennen. Und daß, ganz tief verborgen, die Hoffnung auf ein Haus und ein sicheres Bett lauerte und das Bild einer Frau.

Die Wüste wußte, daß Hoffnungen uns Sand in die Augen streuen und daß Sand nur mit Sand zu vertreiben ist.

Ich weiß noch, daß mir nicht wohl war, mich beobachtet zu fühlen ... nein, mehr noch: daß ich den Zorn des Beobachters spürte. Ich fühlte gegen mich gerichteten Zorn, ohne zu sehen, woher er kam. Ich war allein, der Himmel war ruhig, die Ebene unbewegt.

Plötzlich stürzte der Teekessel um, die Flammen schlugen hoch und erstickten im selben Moment,

Sand prasselte auf mich ein. Ich hörte noch das Schreien der Esel, dann lag ich auf dem Boden und versuchte zu atmen. Ich wollte mich festhalten und griff in den Sand, ich konnte mich nicht aufrichten, meine Kleider waren schwer vom Sand.

Da sah ich ein, daß ich ausgeliefert war. Daß ich zu schwer war, schwer vom Wunsch nach dieser Frau. Ich sah ein, daß ihre Sanftheit und die Erinnerung an ihre Augen mich gefangen hatten und daß der Sand Gefangene begräbt.

In diesem Moment erkannte ich, daß etwas aus der Wüste hervorging, das wirklicher war als das Leben, auf das ich gehofft hatte.

Es wächst viel in der Wüste, Manour. Und ich kenne sie gut!

Das Paradies wächst in der Wüste ... wie kannst du das verstehen? Du denkst, die Wüste ist leer, weil nichts Sichtbares dort wächst.

Zuerst umfängt dich eine Stille, die ungeheuer ist. Eine Stille, die dir das eigene Blut laut durch die Adern jagt und deinen Herzschlag hart macht wie Trommelschläge. Aber niemand hört sie, nur der Wind. Es ist der Wind, ganz sicher, es ist der Wind.«

Als Manour sich mit seinem Eimer niederkauerte, spürte er Unruhe in seinem Rücken.

Er tauchte die Hände in den Eimer, die Erde hatte er mit Sand gemischt. Sie war kühl. Gut war sie, ohne feste Stücke. Er hatte sie durch das feine Sieb geworfen, dessen Draht an der Ecke abstand. Er hätte es flicken müssen. Das Wasser war in der Pflanzgrube versickert. Mit der rechten Hand hielt er den Eimer, mit der linken schaufelte er Erde, bis sich um das Stämmchen ein kleiner Hügel bildete. Die Erde mußte mit den flachen Händen angedrückt werden.

Die Unruhe stieg den Rücken hoch, griff sich Wirbel für Wirbel bis in den Nacken.

Die Wurzeln frisch gepflanzter Stauden waren empfindlich. Die Hände mußten gelassen und weich bleiben. Zuerst drückten die Daumen, dann die Handflächen. Die Finger bewegten sich tastend aufeinander zu, sie hatten Beherrschung gelernt. Die Hände lagen auf dem Boden, zwischen sich das Stämmchen, als lägen sie auf Papier. Jedes Gefühl, jede kleinste, kaum wahrnehmbare Regung ließ die An- und Abstriche zittern, bremste den Schwung eines langen Bogens und störte die Anmut der Schrift.

Der Rücken blieb gerade, und der Atem ging gleichmäßig.

Aber die Muskeln im Nacken zogen sich zusammen, die Unruhe stieg in den Kopf, der sich nicht umwenden durfte. Sie stand dort und stellte Fragen. Ob es möglich war, daß einer sein Kind einem, der nicht reden kann, zur Frau gibt. Ob das Wasser des Meeres eines Tages wieder in die Flüsse fließen wird. Und ob gerade jetzt wieder oben einer der Sterne in den Fenstergittern dunkel war.

In dem vergitterten Haus gab es Tage, an denen die Wimpern schwer waren.

Der Blick verschwamm, ohnehin blieb der Stern weiß und leer. Die Helligkeit blendete die Augen, und kein Pochen im Innern, bis in den Hals und weiter, bis in die Stirn, gab Anlaß für die Hoffnung, daß ein Holzwurm das trennende Gitter unbemerkt zerstören könnte.

Die Schatten in den Räumen legten sich schwer auf den Boden, auf die Füße. Sie wuchsen, sie krochen unter die Kleider, waberten um die Knie, drückten auf den Bauch. Das waren Tage, an denen man sich davor hüten mußte, tief einzuatmen. Man atmete sonst Schatten ein.

Einmal hatte Nuriye es aus Versehen getan und Schatten in die Lunge bekommen. Man mußte nicht husten davon. Man wurde sofort gelähmt. Der Schatten griff von der Lunge auf das Herz und krallte sich dort fest, kalt und schwer, er würde das Pochen im Inneren töten, das war gewiß.

Ohne das Klopfen im Innern würde sich nichts ändern. Nur das Klopfen konnte sie retten, bis in den Hals und weiter, bis in die Stirn und weiter, die Stirn lag am Holz. Es war, als klopfte ein Holzwurm im Holz und zermürbte die geschnitzten Gitter, grub sich Gänge, die führten ins Freie. Er grub viele Löcher und Gänge mit Verzweigungen, bis das Holz morsch war.

Den Rest würde der Wind tun, wenn er von der Wüste kam. Er konnte am morschen Gitter rütteln, bis es zerbrach und die Sterne splitterten und die Inseln aus Licht auf dem Boden das Meer aus Schatten auffraßen.

Deshalb mußte man sich hüten, an Tagen, an denen die Wimpern schwer waren, tief einzuatmen.

»Jetzt sitze ich auf der Bank, auf der ich früher immer gesessen habe, als du klein warst. Du hast vor mir gekauert, Manour, dein Rücken krumm vor Eifer … dabei habe ich dir immer gesagt: Sitz gerade! Der Teufel sitzt in einem krummen Rücken!

Mit dem Stock, den ich in der Hand habe, habe ich dir unzählige *alif* und *mim* in den Sand geschrieben. Sieh nur: Die Spitze ist ganz stumpf geworden. Als die Linien im Sand gut waren, habe ich dir deine erste Feder geschnitten. Ganz sorgfältig habe ich die Spitze zugefeilt, bis der Punkt, den sie auf dem Papier machte, rhombisch war.

Ich habe dir das Schreiben beigebracht ... aber hat nicht das Herz eine andere Sprache? Ich habe sie nicht lesen können ... Wer sieht schon in das Herz eines Menschen! Und ich, ich habe die Liebe nicht verstehen gelernt. Manour, vielleicht ist es ein Frevel, aber du kennst die Liebe, ist es nicht so?

Wer kann schon ein Leben lesen, Allah? Meine Schrift ist blaß geworden, als ob es darauf geregnet hätte, meine Stimme ist dünn wie meine Hände. Und, Allah, da ist ein Schatten auf meinem Herzen. Der Schatten von Flügeln. Herrliche Flügel! Wie mich die Schatten zittern lassen ...«

Im Garten war ein Kiesel nachgerutscht mit kleinem Klacken, das Wasser schwappte noch gegen die Blechwände des Eimers und stand dann still. Weit oben rief ein Vogel tji und nochmal tjitji.

Jenseits der Mauer hatten am Morgen Füße und

Hufe Lärm für den Tag gemacht. Jetzt schwieg die Gasse. Während die Unruhe Wirbel für Wirbel hochstieg, hörte Manour in seinem Inneren ein Geräusch. Wie das Klacken der Holzspulen am Webstuhl oder das gleichmäßige Geräusch, mit dem die Hacke die Erde lockerte.

Aber weicher. Wie Schritte.

Als ob in ihm jemand ginge. Die Schritte vibrierten in seinem Magen und im Hals. Wurden schneller, liefen, begannen zu rennen. Durch den Garten, den Hof, nichts hielt sie auf. Die Gasse war leer. Nach rechts. Die Schritte rannten den Weg zur Anhöhe, wurden bergauf schneller und schwerer.

Oben wurden sie in einem Jubel zu Tanzschritten, trommelten auf den Boden. Dann stieß sich ein Fuß vom Boden ab, flog in die Luft, kam wieder auf. Tamtam. Ein Tanz auf einem dunklen Stern!

Was taten die Arme in der Luft? Die Hände sollten die Erde festdrücken und klopfen, damit der Wasserschwall aus dem Eimer die Wurzeln nicht bloßlegte, und der Rücken war wieder gerade, und die Unruhe tanzte in der Brust und im Kopf und schlug da ihr Lager auf.

Auch jetzt, während des Schreibens, hatte ich wieder dieses Herzklopfen. Genau so, wie ich es eben beschrieben hatte, war der Moment gewesen, in dem ich mich entschlossen hatte, nach Paris zu gehen: Ich hatte mitten in der Arbeit innegehalten, ohne es zu merken. Das war im Lager meines Onkels, aber ich wußte in dem Augenblick nur, daß das, was um mich war, fern war und das Fernste sehr nah. Und daß ich gehen mußte, um hinzukommen.

Als ich jetzt die Augen schloß, fielen die Buchstaben übereinander. Sie glitten ineinander, verdoppelten sich spielerisch, spiegelten sich oder fügten sich aus Teilchen zusammen. Sie glitten wieder auseinander, verbanden sich zu neuen Formen. Sie bildeten Rosetten und Sterne, wurden langsamer, kamen zum Stehen. Es waren Sterne wie die in dem Wandschirm, wie die in den Fenstergittern. Jedesmal, wenn ich die Augen zumachte, sah ich rote Buchstaben auf dunklem Grund, sie flimmerten hinter den Lidern. Bewegte ich die Augäpfel von rechts nach links, sah es aus wie Licht und Schatten.

Hinter den Augen brannte jetzt etwas, beim Blinzeln wurde Feuer daraus. Es roch nach Rauch, ein Funken mußte im Papier geglüht haben. Aschehäutchen kräuselten sich und zerfielen, lagen auf der Glut, deckten sie zu.

Das Knistern hörte ich erst, als es lauter wurde.

Dann das Geräusch von platzendem Holz. Ascheteilchen flogen durch die Luft. Die Asche fiel auf mich herunter, auf meine Haare, meine Kleider, mein Gesicht. Fiel in den Hemdkragen. Würde ich mit der Hand in den Nacken fahren, hätte ich Rußspuren an den Fingern. Die Glut wurde stärker, fraß sich hinein in das Holz, den Rissen entlang. Rauch stieg in Wirbeln auf, drehte sich um sich selbst. Kleine Flammen brachen durch die Rauchwirbel, leckten nach oben, verschwanden wieder.

Dann kam ein Windstoß, Funken flogen auf. Der Qualm brannte in den Augen, die davon zu tränen begannen. Flammen schlugen am Gitter hoch, das Holz war trocken und brannte gut. Die Ränder der geschnitzten Sterne glühten.

Unten loderte es, Flammen sprangen auf, jagten in die Höhe. Versengten meine Haare.

Dann barst das Holz, das Gitter fiel in sich zusammen. Die Funken sanken auf meine Arme. Die Glut schwelte, an den Rändern heller als in der Mitte, zuletzt stürzte der Mittelbalken um. Es hörte sich an wie ein Jauchzen.

Da bewegte sich die Frau auf der anderen Seite der Glut, sie richtete den Blick auf mich. Ihre Haut glänzte vor Hitze, auf ihrem Gesicht sah ich den Widerschein des Flackerns.

Ich träume dich, dachte ich zu ihr, du bist frei.

14

Was soll ich sagen? So etwas kann man nicht erklären oder begründen. Ich kann nur feststellen: Nach diesem Traum wußte ich, daß ich nicht weiterschreiben konnte.

Ich hätte als nächstes schreiben müssen, wie Manour das Datum von Nuriyes Hochzeit erfuhr. Wie übergangslos in seinem Inneren Winter einsetzte, obwohl es Ende August und heiß war. Ohne Windböen, die die Kälte ankündigten. Ohne Wolken, ohne den gebeugten Gang eines Alten, der verriet, daß er die nahende Kälte in den Knochen spürte.

Der Winter in Manours Innerem sah aus wie der Wintereinbruch in jenem merkwürdigen Jahr, in dem nachts im frühen Herbst Schnee fiel, eine hauchdünne weiße Schicht bedeckte den gefrorenen Boden am Morgen.

Die Spuren der Vögel zeichneten eine Choreographie der Futtersuche auf die papierene Fläche, in die sich der Garten verwandelt hatte. Eine spätblühende Rose war überrascht worden: wie der Schnee die Farbe zurückstrahlte. Später am Vormittag waren dann nur noch Reste geschmolzenen Schnees auf der braunen Erde.

Ich müßte von der Stille erzählen, die sich zusammenrollte wie ein krankes Blatt, wie die Kokons der Seidenraupe, und die alles in sich aufgewickelt verschloß. Ein lautes, brüllendes Schweigen.

Ich hätte dann schreiben müssen, wie an dem Tag, an dem Nuriyes Hochzeit begann, der Himmel blank dalag.

Weggefegt das Gekräusel der Wolken, der Himmel geleert mit einer einzigen strengen Geste. Unter diesem leuchtenden Himmel lagen die Gärten so ruhig da, als genügten sie sich selbst. In der Nacht hatte es geregnet.

Ich hätte schreiben müssen:

An dem Tag, an dem Nuriyes Hochzeit begann, sah Manour den sonderbar leer gefegten Himmel. In der Nacht hatte er es regnen gehört, eine Nacht lang

Regen auf dem Dach. Gegen Morgen hingen noch einzelne Tropfen in den Ästen des Baumes vor dem Fenster des Gärtnerhauses. Nach jedem Tropfen hörte Manour die Stille.

Eine unerhörte Stille.

Die Wolken wechselten bei Tagesanbruch in ein lichtes Grau, und dann wurde es doch hell.

Dann hätte ich auch schreiben müssen, wie der alte Han Manour im hinteren Teil des Gartens fand, an einem Baum und sein Gesicht schwarz wie die Beeren der Dünenrosen im Herbst, wenn sie von einer plötzlichen Kälte überrascht wurden.

Ich konnte das nicht schreiben.

Natürlich hatte ich immer wieder daran gedacht, zu Belish zu gehen. Wie ich die Schuhe an der Schwelle ausziehen würde. Wie ich neben seinem Sessel Platz nähme und wartete, bis er Tee einschenkte. Und wie ich dann auf meine Hand schriebe:

Belish, warum willst Du Deine Tochter dem Parfumhändler zur Frau geben? Schau, ich bin Kalligraph, ein Künstler, ein Gärtner, stumm, ich weiß … Aber schau …

Das war der Augenblick, in dem mir klar wurde, daß ich zu Belish gehen mußte. Zwischen Nichts-Hoffen und Nichts-für-möglich-Halten ist ein Unterschied.

Die Tür zur Straße fiel schwer, ich bremste ihre Wucht mit der flachen Hand ab, eh sie ins Schloß klackte. Reine d'Or hatte schon die Nachtauslage im Schaufenster, niemand stand davor. Ich überquerte die Straße gleich, abends standen die Männer auf unserer Straßenseite. Ich ging ihnen aus dem Weg. Der Schriftzug der Société Générale leuchtete grün, aber das i flackerte. Neben der Bank war eine Hundeleine festgeknotet, ohne Hund. Auch auf dieser Straßenseite lehnten ein paar Männer an den Hauswänden und rauchten. In einem geparkten Auto saßen zwei, der Fahrer hatte das Fenster heruntergekurbelt, die Ellbogen auf die Schenkel gestützt und die Hand am Zündschloß. Der andere war kaum zu sehen, sein Gesicht lag in dem Schatten zwischen seinem Arm am Deckengriff, und sofort wurde mir unwohl.

Was, wenn Belish beschäftigt wäre?

Ich wollte ihm die Texte geben, so, wie sie waren. Und ich wollte mit meinem Stift auf die Hand schreiben:

Warum willst du Nuriye verheiraten?

Abends standen bei francprix keine Körbe mit billigem Spülmittel vor der Tür, zwei Jungen saßen auf der Treppe über dem Lüftungsschacht im Geruch nach altem Gemüse. Wenige Schritte weiter sprach mich eine Frau an, die mir einen Schlüssel hinhielt. Sie ließ erst ab von mir, als ich mit meiner Mappe wedelte.

Solche Frauen fürchten sich vor Liebe, die erzählt.

Die Rue Stanislas war wenig belebt, vor »Belishs Garten« stand eine Gruppe von Gästen. Eine Frau, die mir den Rücken zudrehte, lachte und schüttelte dabei den Kopf. Sie trug kein Kopftuch, dafür lange Ohrringe, die das Licht aus dem Restaurant spiegelten, ein Feuerwerk an ihrer Wange. Dann legte der Mann neben ihr die Hand auf ihren Rücken. Die Frau trat einen Schritt zur Seite, seine Hand tastete weiter.

Ich war noch nie so spät zu Belish gekommen, im hinteren Raum spielte jemand Santhur, und mich überfiel Heimweh. Und Hunger, es roch nach Reis, Fleisch, Minze und Rauch.

Hinter der Theke stand der, der mich kannte, er

winkte mir zu, und ich ging zur hinteren Tür. Die Treppe hoch, klopfte. Zog die Schuhe aus, als ich drinnen etwas hörte, und klinkte die Tür vorsichtig auf.

Belish lehnte am Fenster, den Rücken zu mir, und sah nach unten. Ich klopfte noch mal an die offene Tür. Belish hatte die Jacke auf den Sessel gelegt, offensichtlich rechnete er nicht mehr mit Besuch. Die Bewegung seines Rückens verriet Erstaunen. Ich legte ihm meine Mappe auf den Tisch.

Während ich neben ihn trat, hob ich die rechte Hand zur Brust und zur Stirn, um Belish zu grüßen. Da sah er mich an: Ich hatte die Hand nicht an den Mund gelegt. Ich bin noch in der Geste stumm, sagte ich mir.

»Manour Chayed«, statt einer Begrüßung sagte Belish bedächtig meinen Namen. *Alla'hu akbar, Belish,* schrieb ich hastig auf meine Hand. Jeden Augenblick konnte Belish das Unübliche meines Hierseins zu Bewußtsein kommen. *Ich bin hergekommen wegen der Hochzeit* – Belish konnte sich noch nicht vom Fenster lösen. Vielleicht sah er das Paar, das noch vor der Tür stand, sah, wie der Mann mit dem Daumen den Rücken der Frau hochfuhr bis zwischen die Schulterblätter. Wie der Zeigefinger auf ihren Rippen ruhte. Wie er dann seine andere Hand um das Kinn der Frau legte, die bestimmt lachte, und ihr Gesicht zu sich heranzog.

Belish musterte zerstreut meine Hand und las, obwohl ich sie nicht ganz ruhig halten konnte.

Belish, schrieb ich, *mein Freund, warum willst Du Nuriye verheiraten?* Mein Handteller war vollgeschrieben, und ich rollte den Ärmel hoch.

Belish, schrieb ich auf dem Unterarm weiter, *Belish, nimm Dir einen Augenblick Zeit.*

Stell Dir die Hochzeit vor. Du hast schon alles geplant, nicht wahr? Auf der Haut, die über dem Knochen liegt, ging es leichter zu schreiben.

Die Feier, die Gäste, das Essen. Es soll eine große Hochzeit werden, nicht wahr? Vielleicht hast Du schon überlegt, welche Musiker kommen sollen? Dann rollte die dicke blaue Vene unter dem Stift weg.

Belish nickte, zuckte mit der Schulter und schloß das Fenster zur Straße, wo der Mann vielleicht gerade den schnelleren Atem der Frau spürte.

Auf der Oberseite des Arms konnte ich wegen der dichten dunklen Haare nicht weiterschreiben. Schnell nahm ich den Stift in die linke Hand und setzte in der rechten Armbeuge an. *Du wirst das Fest geplant haben, mit vielen Gästen ... So ein Fest muß in einem schönen Raum stattfinden. Hast Du schon geeignete Säle besichtigt? Und erst das Kleid, das Nuriye tragen soll. Sie soll wunderschön aussehen, nicht wahr?* Mit der linken Hand konnte ich noch nie schön schreiben, es waren grobe Buchstaben, mit denen ich sofort am Handgelenk angekommen war.

»Sie wird wunderschön aussehen«, bestätigte Belish, während er mir zum Tisch voranging. Den Tee stellte er neben meiner Mappe ab, und während er die Vorhänge sorgfältig zuzog, warf er den Kopf mit dem gleichen Ruck in den Nacken wie seine Tochter beim Lachen.

Ja, sie wird wunderschön aussehen, sie sieht immer wunderschön aus.

Belish ruckte beim Lesen noch einmal mit dem Kopf, es war eine kleine Wiederholung des Vorhangzuziehens, ein Echo von Nuriyes Lachen. Aber die Geste sagte auch, daß das, was ich schrieb, ihm nicht ganz geheuer sein konnte.

»Warum machst du dir Gedanken über ihre Hochzeit?« fragte er. »Meinst du, weil ich gesagt habe, daß alles beschlossen und festgelegt ist?«

Er drehte sein Teeglas auf dem Tisch.

»Die Ehen, die von den Eltern geschlossen werden, sind nicht schlecht. Meine Ehe –« er sah zu

Boden, als ob er etwas suchte, aber die richtigen Worte waren dort nicht zu finden. »Ich weiß nicht, was dein Onkel dir erzählt hat.«

Versteh mich recht, ich bin nicht hierhergekommen, um mit Dir zu rechten.

»Ihr Bräutigam ist ein guter Mann«, stellte Belish sofort richtig. »Er ist gebildet, er ist kultiviert. Er reist und wird ihr die Welt zeigen. Er liest. Er ist der Richtige für sie –« Belish stockte. Dann gab er sich einen Ruck. »Und er hat lange um sie geworben. Oft war er hier, glaub mir!« sagte er eindringlich.

Eigentlich hätte ich jetzt gehen müssen. Was ich mit der linken Hand auf den rechten Arm geschrieben hatte, war wackelig, auch hier die dicke, bläuliche Vene. Der Unterarm war vom Ellbogen bis zum Handgelenk vollgeschrieben. Mir blieb nur noch, etwas auf den rechten Handteller zu schreiben. *Belish, ich bin mir sicher, daß du das Beste für sie willst.*

Belish saß da und sah mich an. Sah mich einfach nur an. Abwartend. Also knöpfte ich mein Hemd auf und zog es aus, um auf den linken Oberarm zu schreiben. Und war meinem Onkel das erste Mal dankbar, daß ich Säcke getragen und Muskeln bekommen hatte. Platz zum Schreiben.

Du hast im Flug der Vögel gelesen, weil das Göttliche am Himmel zu suchen ist, und den Fall der Ebenholzstäbchen befragt, um das Endliche zu deuten. Du kennst ihren Verlobten, Du hast es Dir nicht leicht gemacht. Er wird gut für sie sorgen, darauf hast Du Wert gelegt. Sie werden reisen, das ist eine schöne Vorstellung für die Zeit nach der Hochzeit. Aber Du ahnst, daß es damit nicht getan ist, nicht wahr? Um ganz sicherzugehen, ist nachts der Stand der Wolken gelesen worden, und alle Zeichen waren günstig. Sicherheit, Glück und Wohlergehen sind ihrer Ehe vorausgesagt worden.

Aber niemand hat von Liebe gesprochen.

Noch während ich den letzten Satz schrieb, stützte sich Belish auf den Tisch, stemmte sich hoch und stand auf. In seinem Gesicht zuckte es, ich konnte nicht unterscheiden, ob es vom plötzlichen Aufstehen kam oder ob er erzürnt war. Sicher hatte ich ihn bei einem Zweifel gepackt.

Er ging hinter meinem Rücken auf und ab, ich hatte das Hemd auf den Boden fallen lassen, und Belish ging in einem Bogen darum und wieder zurück. Er blieb hinter mir stehen, beugte sich über mich und las meinen Oberarm.

Sie werden reisen, hast Du gesagt. Kennst Du die

Fotos von solchen Flitterwochen? Ich kann sie mir vorstellen, ich habe solche Bilder gesehen. Du kennst die Fotos von der Hochzeitsreise meines Onkels und der Tante vielleicht, sie stehen auf seinem großen Schreibtisch. Schöne Kristallrahmen wie gefrorenes Wasser.

Meine Hand hatte sich verkrampft, meine Schultern taten weh. Mein Rücken war nicht gerade. Ich spannte den rechten Arm an, um mit der Linken lesbar auf den rechten Oberarm zu schreiben. Es kitzelte auf der Haut, weil ich mit dem Stift zu fest drückte.

Dahinter sitzen sie, nebeneinander, den Rücken zum See. Das Stillhalten ist nicht nur für den Fotografen, das weißt Du. Die beiden wissen es auch. In dem Moment, in dem auf den Auslöser gedrückt wird, wissen sie, daß die Reglosigkeit bleiben wird. Das ganze Leben unter Eis. Du kennst meinen Onkel, Belish, es ist eine gute Ehe. Sie haben Kinder. Keine Gerüchte, die die Nachbarn erzählen, keine lauten Worte. Aber ich habe nur selten gesehen, daß sie miteinander sprechen. Neben dem Bild stehen die Kusinen in Kristall, als Babys, und viele Jahre später als Bräute.

Plötzlich entfernten sich die Schritte, Belish ging zur Tür. Jetzt geht er, dachte ich. Vor Schreck zuckte der Muskel an meinem Arm, und ich hatte einen falschen Strich. Es war möglich, daß er jeden Augenblick mit zwei oder drei Kellnern, Köchen oder den Santhurspielern heraufkommen würde, um mich herauszuschmeißen. Belish hatte mir gezeigt, daß ich als Bräutigam nicht in Frage kam. Aber dann dachte ich wieder daran, wie Nuriyes Haare ihr beim Reden ins Gesicht fielen. Wie sie gedankenlos eine Strähne aus dem Mundwinkel wischte und nicht merkte, daß ein paar Haare auf der Wange hängenblieben. Während sie mich angesehen hatte.

Und dann zog ich mein Unterhemd aus, um auf dem Bauch weiterzuschreiben. Wer den Oberkörper entblößt, ist wahnsinnig vor Liebe.

Als Belish allein wieder in der Tür stand, im Rücken das Flurlicht, hatte ich den Eindruck, daß er kleiner war. Es war aber auch möglich, daß er im Vergleich zu seinem Schatten, der bis zum Tisch fiel, schmächtiger schien. Das Flurlicht erlosch, Belish schob die Tür in seinem Rücken zu und war wohl ganz einfach austreten gewesen.

Siehst Du sie vor Dir, Belish, schrieb ich auf dem Bauch weiter, obwohl meine Hand zitterte, *natürlich ist sie auch auf den Fotos schön. Natürlich wird ihr Mann gut für sie sorgen, natürlich wird er es ihr an nichts fehlen lassen.*

Aber es gibt mehr, Belish. Es gibt das Leben. Schau Dich um:

Da ist deine Lampe. Dein Zimmer, Steinfußboden, Sessel, der Tisch, der Wandschirm. Draußen Straßenlaternen. Stimmen aus dem Restaurant, es wird gelacht. Jemand ist an den Mülleimern im Hof. Stell Dir vor, Du gehst jetzt hinaus zur Métro – was siehst Du? Der Geiger, der vor dem Lüftungsschacht spielt, macht Pause, er hat sein Instrument in den Kasten und einfach auf die Münzen gelegt. Ein Kind steht bei ihm, es nimmt die Geige aus dem Kasten, und er widerspricht nicht. Das Kind setzt sie an und spielt mit geschlossenen Augen immer denselben Ton. Auf der Rolltreppe steht ein Mann mit falsch geknöpfter Jacke. In der Métro sitzt eine Japanerin, die ihre Haare über die Schulter wirft und ihr Spiegelbild in der Fensterscheibe anlächelt.

Und wie denkst Du, daß Nuriyes Leben in den letzten Jahren verlaufen ist? Ich vermute, sie ist mit ihren Freundinnen von der Schule heimgegangen, sie haben in Schwärmen um die Auslagen herumgestanden. Sie haben die Titelseiten der Illustrierten am Kiosk angeschaut, sind Kaufhausrolltreppen hinaufgefahren. Haben in Umkleidekabinen vor großen Spiegeln Kleider anprobiert, die sie auf der Straße nie tragen können.

Sie ist durch die Stadt gegangen und hat Enten am Fluß gesehen und aufgebockte Boote. Sie hat in Cafés an Resopaltischen gesessen und hat das Muster gesehen, das der Schatten des eisernen Ufergitters auf dem Boden macht. Sie hat auf einer Brücke gestanden und Anglern zugeschaut. Und abends den Neonlichtern. Sie hat eingekauft im Regen, Grieß und Tee, die Ärmel über die Hände gezogen und gewußt, das ist das Glück, es riecht nach Salz und Öl und ist naß. Sie hat Kinoplakate auf Bauzäunen gesehen, auf denen ein Mann seine Hand einer Frau auf die Hüfte gelegt hat. Schlägst Du die Augen nieder, Belish? Das alles ist schön, nicht wahr? Wir sind geübt im Senken des Blickes, damit wir uns nicht zum Unglauben verführen lassen. Aber wir wissen auch, daß das Leben größer ist, als wir glauben. Und eigentlich wissen wir, daß das Leben in allen Dingen Allah gehorcht. Allah, der sich erbarmt und ein Einsehen hat.

Ich schwitzte, die Haut an meinem Bauch war naß vor Schweiß, und die Buchstaben verschwammen, sie waren nicht mehr überall lesbar. Ich hatte noch nie so unsauber geschrieben, aber etwas in mir war stärker.

Kannst Du wirklich eine doppelte Mauer um Deinen Garten ziehen, Belish? Glaub mir, die Sorglosigkeit, mit der sie lacht, wird Risse bekommen, wenn sie zwischen Wandbehängen lebt. Mit Ketten um ihren Hals wird sie nicht mehr den Kopf vor Lachen in den Nacken werfen. Ihr Übermut wird schmelzen wie Schnee, Belish, sie ist wie ihre Mutter, sie geht leicht zugrunde.

Es sind aneinandergehängte Frauentage, Belish, wenn sie hinter geschnitzten Gittern verbracht werden sollen. Es sind Tage, nach denen die Nacht nicht in Wellen kommt. Man ist nach solchen Tagen zu leicht für die Nacht, das merkt sie, wenn das Einschlafen nicht gelingt.

Man merkt es abends, Belish, wenn die Welt nicht mehr so fest gefügt ist, in der Stunde, in der der Ertrag des Tages nicht mehr zählt, weil die Besorgungen das Herz nicht retten vor der Auflösung. Man merkt es in der Stunde, in der die Ebene schief wird und man in Richtung der offenen Fragen ins Rutschen gerät.

Merkt Nuriye dann, daß sie nicht einem kleinen Glücksversprechen in den Schlaf folgt, wird sie sich vom festen Tagufer entfernen und auf das Meer zutreiben, ein kleines Rauschen, schon ist sie wieder wach. Um sie die Nacht mit den hellen Löchern, ein Vogel, der erschrocken aus einem Strauch auffliegt, reicht, um sie wieder ans Ufer zu ziehen, das Wasser ist warm und schwer und legt sich auf ihre Augen, zieht an ihren Haaren, während unten ein vieläugiger Traum darauf wartet, in ihre Zehen zu beißen. Belish, merkt sie, wenn sie nicht einschlafen kann, daß sie nicht von einer Liebe geborgen wird?

Auf den Rücken kam ich nicht, ich brauchte aber noch viel Platz. Ich stand auf, es kribbelte in meinen Füßen. Ich löste den Gürtel, zog die Hose aus und setzte mich wieder. Auf den Beinen schrieb es sich leichter.

Belish, was, wenn keine Zärtlichkeit sie zu ihrem Mann hinzieht, kein Einander-Verlieren am Tag Anlaß für ein nächtliches Sich-Finden gibt oder die gemeinsame Suche nach dem Ja! und dem Ja!, und ihre Stimme hat den dunklen Jubel dabei?

Und dann wußte ich ganz einfach nicht mehr weiter. Ich hielt den Stift in der Hand, sah, daß Belish mich ansah und wie sehr er versuchte, sich nichts anmerken zu lassen. Es ist merkwürdig, daß ich in diesem Moment wußte, mit völliger Klarheit wußte: wie ich da saß, die Arme voller Buchstaben, mit nacktem Oberkörper voll von halbzerlaufener Schrift, und Belish den beschriebenen Oberschenkel zum Lesen ins Licht hielt.

Ich wußte, wie verzweifelt das alles war, und es fröstelte mich. Die Haare an meinen Armen stellten sich auf vor Kälte. Ich fror. Und dieses Frieren machte mir klar, daß ich nichts mehr zu verlieren hatte.

Belish, entschloß ich mich zu einem Geständnis, *ich habe Nuriye gesehen. Sie hat mit mir gesprochen. Das geschah kurz nachdem ich das erste Mal hier war, als du fort warst. Nur ein unbedeutendes Versehen des Kellners, der mich nach oben geschickt hat. Sie saß hinter dem Wandschirm und hat mich nicht empfangen. Aber ich habe ihr einen Zettel geschrieben, und sie hat mit mir gesprochen.*

Die Tage liegen nicht dem Licht zu Füßen, hat sie gesagt. Sie fliegen. Sie haben einen großen Flügel auf der rechten Seite und viele kleine Flügel auf der linken. Deshalb haben sie Schlagseite und liegen schief in der Luft. Die besseren Tage fliegen mit dem großen Flügel. Die kleineren flattern unruhig.

Ohne den Kopf zu heben, schrieb ich auf dem rechten Oberschenkel weiter.

Solche Sätze hat sie gesagt, sie kann Dinge sagen, die kein anderer Mensch so sagen würde. Frag sie, Belish, was sie möchte. Schleier tragen oder nicht, heiraten oder nicht, reisen oder nicht. Sie soll es selbst sagen. Hör ihr zu. Sie hat so eine schöne Stimme.

Es war schwer, mich Belish verständlich zu machen. Ich rang nach Worten. Vor Anstrengung atmete ich durch den Mund, bis ich selbst plötzlich meinen Atem hörte.

Ich schreibe immer lauter, dachte ich. Und Belish? Ich hatte ihn gekränkt, indem ich einen Zweifel an der Unversehrtheit seiner Tochter als Braut, ja, einen Zweifel an seiner Ehre hatte aufkommen lassen, das sah ich an seinem Gesicht.

Einmal habe ich sie zufällig bei Sayed getroffen, als sie für Dich einkaufen sollte. Sahlab.

»Was?«

Dieses harmlose Wort, Sahlab. Nichts weiter. Ein Pulver, eine Zutat für einen Nachtisch. Nichts. Aber Belish stand auf, seine Bewegungen waren nicht mehr beherrscht und langsam, und als er stand, beugte er sich über sein Knie und hielt es, als ob es ihm wegen des plötzlichen Aufstehens weh täte. Sein Gesicht lag im Schatten. Es war unmöglich zu sehen, was in ihm vorging. »Sahlab«, sagte er, indem er seine Gänge hinter meinem Rücken wieder aufnahm. Nur, daß er jetzt schnell ging.

»Sahlab, ich erinnere mich. Das war vor zwei Wochen oder drei? Das war, als sie so lang wegblieb. Wo, hast du gesagt, hast du sie getroffen?«

In der Rue de Chartres bei Sayeds Alimentation. Im 16. Arrondissement.

Belish blieb hinter mir stehen und las. Als er sprach, fielen seine Worte in mein Genick.

»Da habe ich sie nicht hingeschickt. Ich habe nur gesagt, daß sie einkaufen soll ... Im 16. Arrondissement, das ist weit weg. Warum hat sie es nicht bei Chadedjan gekauft? Da geht sie normalerweise hin, oder zu Gourmonde.«

Seine Stimme klang nach etwas, das ich nicht deuten konnte.

»Wieso warst du dort einkaufen?«

Sayed ist mein Freund. Ich kaufe bei ihm jeden Abend Brot und Tomaten, außerdem ist die Rue de Chartres um die Ecke von der Rue Goutte d'–, weiter kam ich nicht.

»Aha. Ich verstehe.« Belish ging wieder zum Fenster und sah die Vorhänge an. Stützte sich durch den Stoff mit beiden Händen auf das Fensterbrett. Stieß sich wieder ab und blieb hinter mir stehen.

»Sie wußte, wo du wohnst, nicht? 72, Rue Goutte d'Or, du hast deine Adresse aufgeschrieben, als du hier warst.«

Er bückte sich und nahm das Hemd, das ich ausgezogen hatte, in die Hand. Hielt es fest.

»Es war nicht schwer für sie, dich zu finden.« Belish legte mir das Hemd um die Schultern. Ging wieder zum Fenster. »Sie hat dich gesucht. Es ist nicht anders möglich. Sie wollte dich sehen.«

Auf meinen Unterschenkeln lagen die schwarzen Haare gekrümmt, als wären es immer schon Buchstaben gewesen. Unmöglich, darauf noch mehr zu schreiben. Und doppelt unmöglich, Belish zu schreiben, daß sie auch in Monsieur Hans Galerie gekommen war oder daß ich die Métro auf der Suche nach ihr plakatiert hatte. Nur auf meinen Füßen gab es noch Platz. So zog ich die Strümpfe aus und schrieb auf den linken Fuß:

Belish, ist die Liebe nicht das Wesentliche?

Und auf den rechten Fuß: *Belish, du hast selbst geliebt, weißt du noch?*

Den letzten Punkt setze ich neben meinen rechten großen Zeh: .

Er hat nicht viel Platz da.

Aber was ist schon ein Punkt?

01/1329/01/R

PIPER

Dai Sijie

Balzac und die kleine chinesische Schneiderin

Roman. Aus dem Französischen von
Giò Waeckerlin Induni. 200 Seiten. Gebunden

Sie hat einen dicken schwarzen Zopf, zwei hinreißende Schühchen aus rosafarbener Seide und das zauberhafteste Lächeln, das man sich vorstellen kann: die Kleine Schneiderin aus dem abgelegenen Bergdorf, in die sich der junge Luo gleich beim ersten Anblick verliebt. Er und sein Freund, zwei Studenten, die zur »kulturellen Umerziehung« hierher ans Ende der Welt verschickt wurden, merken bald, daß sie nur eine einzige Möglichkeit haben, ihre Haut zu retten: Sie müssen in den Besitz jenes wunderbaren Lederkoffers gelangen, der die – verbotenen – Meisterwerke der westlichen Weltliteratur enthält. Denn nur aus Balzac und Stendhal, aus Dostojewski und Dumas können sie die Lebensenergie und den Esprit schöpfen, die sie brauchen, um den Widrigkeiten ihres Daseins – und der Willkür des Dorfältesten Paroli zu bieten. Und vielleicht können sie am Ende sogar das Herz der Schneiderin gewinnen.

01/1026/01/R